听潮集

方向明　著

宁波出版社
NINGBO PUBLISHING HOUSE

才教有伴维风气

袁志坚

慈溪是一片神奇的土地。这里有“唐涂宋地”之称，山陬海隅，围涂垦田，时有咸潮，土壤贫瘠。然而，慈溪人穷则思变，敢闯敢干，改革开放以来，创造了经济发展的奇迹。不独如此，慈溪的文学艺术也发展得很好，形成了广泛分布在社会各个阶层、各个领域的文艺家群体。方向明曾担任慈溪市文联主席、慈溪市作协主席，他的这本《听潮集》，记录和见证了近十几年来慈溪文艺创作的潮音。

书中写到的慈溪文艺家有数十人。诗人中，陈德根、张巧慧、胡飞白先后参加了“青春诗会”，沈建基是著名老诗人，中坚力量有俞强、寒寒等人。出版长篇小说的，有车弓、吴珍艳、励双杰、王立云等。俞妍、岑燮钧、胡新孟、施双玲等，发表了一批中短篇小说和微型小说。散文作家有陈成益、陆建立、阮万国、应爱卿等。峻毅的报告文学创作，胡遐的文艺评论创作，俞白桦、桑金伟的摄影创作，房企遐的中国画创作，于鸣的旧体诗创作，这些都为方向明的笔墨所激赏。周乃复、胡洪军、陈墨、童银舫、王孙荣、励双杰、余巨平、吴铁信等在古籍整理和地方文史研究方面的贡献，可以从本书中管窥。不妨把这本书看作方向明的师友圈的亮相，一地之文艺风气，确实需要师友之间道义相涵濡，需要前辈提携引领、后进架肩接踵。

打开本书，慈溪文艺继往开来的局面给人以深刻印象。慈溪人善于挖掘传统，对古代乡贤高翥、孙燧、孙月峰和近现代先贤杨贤江、陈之佛、应修人、林汉达、袁可嘉等，展开了接力研究。慈溪设立"袁可嘉诗歌奖"，是对诗人、学者、翻译家袁可嘉先生的纪念，是对学术和文化的敬重，也是对慈溪文学走向更广阔天地的促进。方向明主编的《斯人可嘉：袁可嘉先生纪念文集》2014年由浙江文艺出版社出版，他的研究著作《沉寂的洪钟：九叶诗人袁可嘉》2024年由广西师范大学出版社出版，这两本书是袁可嘉研究的代表性成果。慈溪还连续出版文丛、艺丛和《溪上文学年选》，集结本地文艺家的新作，整体展示创作面貌，方向明把这种现象比喻为"生物多样性"的文艺生态，比喻为群雁齐飞的"雁阵效应"。正如杭州湾湿地接纳了候鸟云栖，千年移民文化孕育了慈溪人兼容并包的品格。方向明在本书中点评的诗人陈德根、张广，作家李金波、张寒，都是新慈溪人。一代一代慈溪人，新、老慈溪人，用文艺构建了共同的精神之乡。

本书是方向明2009年至2024年撰写的文艺、文史类评论文章的结集，看似无心积累、随意捡拾，实则饱含真情、一以贯之。作者对文艺之爱，对家乡之爱，丝丝入扣，不绝如缕。我把他评论同道中人的一句话，视为他的写作宗旨："我是在倾听历史与现实、文化与经济、伦理与习俗的交互脉动，我在感受斯地斯人的精气神。"

有感于此，我想起清代诗人黄朝清的一首七律《新竹》，后四句为"才教有伴维风气，肯信无君脱俗流。待列古今经史籍，文人藉尔证千秋"。新笋发鞭，新竹成林，新枝劲秀，欣欣向荣，这是多么美好的景象啊！慈溪文艺事业，有了"维风气"的氛围，便有了"证千秋"的期待。

（作者系宁波出版社社长、宁波市文艺评论家协会主席）

目 录

C O N T E N T S

2009

2010

2011

2012

2013

2014

2015

2016

2017

2018

2019

2020

2021

2022

2023

2024

2009

听　潮　集

一部中国气派的文化小说

—— 读励双杰小说《阳谋》[1]

这几天，我被一种独特的气场包围。这部近20万字的小说，让我时时感受到他们——书商、藏书家、学者——夜里做梦脑子也不歇着，继续他们的故事。

显而易见，小说具有独特的认识价值和思想价值。作者是一位年轻的收藏家，痴迷于典籍研究，家藏上万册宗谱珍本，古书收藏的经历，加上古文化的底子，使其孕育了这部小说。因此常有典籍鉴赏、版本学问融于小说中。其中，点到的历代藏书名家、学问大家有几十个，如清代藏书家黄丕烈、德清俞樾、故宫博物院院长易培基、“京城四公子”之一张伯驹等。提到的典籍不计其数，如数家珍。作者的聪明之处在于，他选择了1936年、1937年作为故事发生的背景，远距离回望，有沧桑感，其实表达的是当代人对传统文化的尊崇，揭示的是文化传承和回归的题旨。仅从认识价值和思想价值看，这部书已称得上一个具有独特价值的文本，在当代小说中非常罕见。尤其可贵的是，小说中与题材相契合的艺术手法所体现出的中国气派，具有很高的审

[1] 励双杰：《阳谋》，浙东作家文丛第八辑，宁波出版社，2011。

美价值。

小说语言朴实，并无华丽辞藻。没有长句，也没有排山倒海的气势，但有一种味道。这是中国传统小说语言的味道，是《红楼梦》的味道，是《水浒传》的味道。最见功底的是人物语言，极符合人物的学养、气质、脾性。第一章邵伯谦和袁家寡妇符氏的对话就很出彩。邵伯谦心下波澜迭起，面上不动声色；符氏临阵不乱方寸，绵里藏针，有礼有理有节。“既然邵先生这么说，我就不推辞了。我也不知这书值多少钱，只知道我家还有十万大洋的缺口，就这价了！您别还价，我想不管怎样，这些书还是应该值得十万大洋的。”说得对手难以回怼。

第六章写“柳林五汉”，好生热闹，叙述节奏加快，人物语言活脱脱现出泼皮形象，读来十分畅快。这让我想到《水浒传》写鲁智深的章节。这里的风格与《水浒传》何其相似，可谓一脉相承。

小说似乎并不刻意塑造人物，而是在情节推进中让人物“自我呈现”。这可能是一个缺陷，很多人物没能充分展示性格。但掩卷闭目，这些人物却清晰地映于脑际，而且大多个性鲜明，有血有肉。新手写人物往往单面，好人坏人，阵线分明。这部小说人物有二十多个，主要人物也不少，有书商贾宝成、秦一观，藏书家邵伯谦、沈白石，学者孙宗民、劳白驹等，却没有一个完人。他们都痴迷于典籍、古书，乐此不疲，孜孜以求，但又各怀心机。邵伯谦欲与沈白石联手盘进袁家藏书，跟袁家说好十万大洋，到沈白石那里却说“一人一半，七万五千大洋”，这样自己出小头的钱可得大部分的书。奸猾的商人习气！书铺老板秦一观为得到那册奇书，略施小计，以小恩小惠笼络“柳林五汉”，让他们去偷，半路设计搜身。但不管怎样，秦一观自己绝不出面，让无赖们去闹也总编出些借口来，似乎还存着些羞耻心。贯穿整部小说的人物贾宝成，底子厚道，在邵伯谦分给他的书里，并不挑选，顺手在最上面拿了本（而恰恰这本楠木夹板夹着的书，就是各色人等穷追不舍的奇书）。他的“理想”不太高远，得了钱“回家养老婆孩子”。似乎运气来了，但他的命运，正应了算命的给他的那句话：“常缺一口气”，快到手了，却又飞了。小说多处写他的倒挂眉，他的一脸苦相。小说出场的女子不多。袁家寡妇符氏第一、二章出场后便不再出现；柯家女儿阿玉也是个寡妇，着墨不多，性格特征倒也鲜明，泼泼辣辣，敢作敢当，为嫁给倒挂眉毛的贾宝成，竟拿了他的宝书逼娶。要论高低，似乎两个书商写得最丰满，性格、气质最鲜明。邵伯谦和沈白石太相近，孙宗民、劳白驹除了学识，别的印象不太深。

情节生动、跌宕起伏，是中国传统小说的优势。这部小说在这一点上可谓发挥得淋漓尽致。先是绍兴袁家“卧雪楼”散书，邵伯谦费尽周折，终于筹得银两，却遇水路堵塞，等赶到时书已归诸暨马家。无望中又意外得一小箱书，让介绍这笔生意的书贩贾宝成挑一本。厚道的贾宝成随手拿了一本，却是宋活字印本《新安孙氏统宗谱》，这可是国宝级的奇书啊。送到杭州，大学图书馆副馆长孙宗民见了心驰神往，说定十八根金条交易，大后天到老家付钱。可等了三天也不见贾宝成人影，原来他被得知消息的秦一观和后来知道真相的邵伯谦、沈白石缠住了。以后，贾宝成到哪里，一些人也跟到哪里。在柳林镇，先是秦一观设计让“柳林五汉”去偷，半路搜身，都没有结果。一日，空中响起轰鸣声，日本飞机的两枚炸弹正好落在贾宝成暂栖的柯大响家，房子被炸成平地，那奇书自然也该化为灰烬。事情却又有了转机，阿玉抱着一个青布包，哭喊着：“宝哥，东西还在，东西还在！”让贾宝成和一群互相较劲的人都大喜过望。第九章里，所有想得到这历经劫难的“宝物”的人都到齐了。这是全书最精彩的部分。在前清举人邹敬斋的主持下，一场“阳谋”到了高潮。办法是公正的，竞争的各人都在一张纸上写“暗标”，谁出价高，这书就归谁。每人都有自己的算盘。孙宗民的想法是，贾宝成给他许诺过，只要他十八根金条，自己尽管大着胆子写上去。但沈白石的一招让孙宗民出了一身冷汗：不管谁出了最高价，贾宝成拿该得的十八根金条，多出的部分，五人五五分帐，各得二成。真是一波未平，又起一波。当然，最精彩的当是最后一章。正当快要见分晓的时候，突然，门口响起一阵汽车喇叭声。这环境的渲染很成功。进来的人，在场的人都不会想到。读者也不会想到。居然是袁家的二当家袁隆庆。袁的做派对场上的人很有威慑力，几个回合下来，袁的做法大大出乎在场者意料。他不会强夺，他要出高价买自家的宗谱。可最后，他却抱出一个国宝四牛方尊，给出价最高的沈白石代付金条，四牛方尊由沈保管。故事情节曲折，屡屡出乎意料，让读者得到极大的阅读快感。在这样一种情形下戛然而止，有深意，又留有空间，是恰到好处的。最后的几句话，交代袁隆庆后来殉国，“那册《新安孙氏统宗谱》也没有了下落。直到世纪之交，才在家谱的故乡徽州再次露面，然后又销声匿迹。”显然是从当下的角度看历史的，透露出小说作者尊崇文化的情愫和对文化回归的呼唤。

整部小说的风格大体是一致的，中国气派，透着文气。正是出于对这种风格的喜爱，所以我提出，第七章可以去掉，它与全书的文气不太协调，且对塑造人物无大作用。人物塑造是这部小说最弱的。作者好像没有事先对人物有一个“设计”，而着力于情节的出奇制胜。邵伯谦开头出场后，没有深化下去。大学图书馆副馆长孙宗民形象比较单一。但主要人物贾宝成、秦一观还是给人留下了深刻印象。总之，我以为，这是一部中国气派的文化小说，是当代小说中独一无二的珍品。我为有这样的好作品出世而欢呼！

2009 年 5 月 4 日

坐冷板凳，做真学问

——《孙月峰年谱》[1] 阅读札记

十日前，孙荣送我一本他编纂的《孙月峰年谱》。后来我发了一条短信给他："王兄十余载遍读史籍，悉心钞研，三易谱稿，终成此书，乃慈溪之幸，文化之幸焉。披肝沥胆，冀昭先贤文章经济之功，可敬可钦。"

我对历史没有研究，在这里说几句外行话。

由一个人，看万历一朝，看那一朝里的重要事件和人物，以及文学艺术、世态人情等，这是这本年谱的重要价值所在。方家说，孙鑛是孙家境孙氏集大成者，这是恰当的。史籍说他"御倭靖乱""功绩灿然"，孙荣称"其文百炼精卓，其学博大恢弘"。他精擅文、史、经、子诸学，兼通天文、历法、地理、兵制、书法、绘画、戏曲、音韵，乃至医卜堪舆之术。其著述宏富，约计九十余种，可考见者尚有九百余卷。月峰与山阴张元忭合纂《绍兴府志》五十卷，人称此志"其事具，其言核，统之有宗，而析之不紊"。月峰对戏曲、书画深有研究。提出过南戏"十要"主张。对"后七子"领袖王世贞的《弇州山人题跋》一书进行指正、补充和评价，著成

[1] 王孙荣：《孙月峰年谱》，大众文艺出版社，2009。

《书画跋跋》，共六卷，后收入《四库全书》，“所论时有精理”。月峰之所以精于文学、戏曲，乃深受其母的影响，这在年谱中也有反映。其母杨文俪是有名的诗人和戏曲家，著有《孙夫人诗集》一卷。

孙荣的这本年谱，从小里讲，为孙月峰研究、孙氏家族研究、地方文化研究提供了实证；从大里讲，为明代政治、经济、文学等多方面研究提供了一个具体的文本。然此书的出版，更重要的是昭示了一种学术品格，给文艺界、学术界注入了一股新风。这本书摆在那里，它就是在告诉我，学问要怎么做，功夫要下在哪里。

在浙大的教室里，我看到过这样一副对联：“板凳要坐十年冷，文章不写半句空。”孙荣编纂这本书，耗费了十余年的心血。1998 年发心草创，悉心研读孙月峰著述，得笔记三册。并在《四库全书》《四库存目》《明实录》等大量古籍中一一检寻，相涉之书仔细钞阅，又得笔记三册。再借上海图书馆珍藏别集、谱牒、方志，检录月峰同乡、同年、同僚、同志之行实，得笔记两册。至 2000 年 10 月转而年谱初稿之作。2001 年 9 月草稿写毕，着手誊清。此后六年，增删数过，三易谱稿。其间播迁沪、浙，辗转余、慈，业律师、教师，皆以谱稿自随。可谓十年磨一剑，其中甘苦冷暖自知。如今，我们缺的，可能就是这种坐冷板凳、做真学问的精神。

自月峰之陨，去今三百九十六年矣。其实，近四百年来，孙月峰的名字并没有完全被湮没。月峰卒后十余年，其侄如洵辑刊《姚江孙月峰先生全集》。卒后五十余年，邑人黄宗羲上《乡贤呈辞》，绍兴知府追祀月峰于乡贤祠。卒后一百二十八年，钱塘孙宗溥、宗濂兄弟刊刻月峰所撰《书画跋跋》。卒后一百六十余年，《书画跋跋》收入《四库全书》。另有四种收入《四库全书存目》。及至民国十四年，《孙月峰先生批评柳柳州全集》由上海会文堂书局石印出版。现在，还可写两句：月峰卒后三百九十六年，邑人孤山王孙荣耗时十余载编纂《孙月峰年谱》，由大众文艺社出版。2009 年 7 月 19 日午后假座慈溪图书馆首发，文友雅聚，不亦乐乎！

2009 年 7 月 19 日于半亩方塘

留住这块土地的集体记忆

——读《慈溪民间歌谣集》[1]随感

我是在“跌跌扳扳、扳过南山”的乡音中长大的，在我幼小的时候给我文艺启蒙的是口口相传的故事和歌谣。于是，我对民间文艺有一种与生俱来的亲切感。

几年前的一天，我在书店看到一本书，先是书名吸引了我——《行将消逝的传说》。再看目录，好些传说都是我小时候就熟悉的，如“吃空心汤团”“光棍拄下巴”“螺蛳壳里做道场”等。会不会是我们慈溪人写的？看了后记，发现作者黄尧青老人就是我们慈溪人，他的儿子是我的老朋友。于是这本书成了我藏书里的宝贝。

在“慈溪论坛”里，我看到一些地方民间文化的东西，很是喜欢，比如方言。慈溪方言中有许多表示时间的说法，像“乌早天亮”“晏昼”“夜快”“过年脚跟”等，很有地方特色。从此，我记住了“知足大哥”陈长云先生。方言里藏着我们这个地方独特的文化信息。还有我们的一些地名里，也包含着这个地方独有的历史、地理文化。大塘河，可以勾起多少历史的记忆，我们的

[1] 童银舫主编《慈溪民间歌谣集》，大众文艺出版社，2009。

先辈用他们的汗水甚至生命筑成了一段历史，开辟了我们祖祖辈辈生息的这个家园。三塘、六塘、七塘，二灶、四灶、六灶，盐仓、西埠头、东埠头……这些地名都是这个地方地理、历史、物质生产、民众生活的活化石。

将这些行将消逝的东西留下来，是一件功德无量的事。我们民间文艺家协会的同志们就是在做这样的事情。我们在留住历史，留住这块土地的集体记忆。

人类一直面临这样两个问题：我们从哪里来？我们将走向哪里？

我小时候一直没有弄清我们与大海的关系，懵里懵懂的。直到工作很多年后，接触到一些文献资料，才有了一些认识。我认识到地理、地域特征对人们生产、生活方式以及群体观念、群体性格的影响非常大，甚至是决定性的。所以后来我向外地考察团介绍慈溪的时候，一定要给他们讲这块土地的由来，讲我们过去种什么，讲我们的“下饭”菜为何这么咸。产业（晒盐和植棉）决定了我们与生俱来的“交换”的观念。我们白手起家，一代代人的创业意识很强，因为不奋斗不吃苦，我们就没饭吃。这所有的一切又都与大海有关。从某种意义上讲，我们慈溪的历史，就是与大海的关系史。知道了我们是怎么走过来的，才可以让我们未来的脚步迈得更踏实。民间文艺研究就是要把先人的历史告诉今人和后人，这是件很有价值、很有意义的大事。

研究民间文艺的价值还在于，民间文艺是我们文学的源头。鲁迅先生钟爱《山海经》，茅盾先生潜心研究过神话，写出了

《中国神话研究ABC》。民间文艺学家、浙江大学人文学院教授吕洪年先生说，民歌民谣“是我们的人民文学之母，人民艺术之根”，熏陶和培育了历代文人墨客，滋养着历朝历代人民群众的心灵。这是非常有见地的。山东高密乡的民俗风情熏染了爱喝红高粱酒的莫言。在苏童的小说里我们时时可以感受到苏州水乡的气息。沈从文的《边城》，有着浓浓的湘西味道，如果他失却了凤凰这个地方民间文化的滋养，他就不是沈从文了。

最近，张文勤老师的长篇小说《三北碧血魂》出版，这部书的可贵之处在于，在叙写革命传奇的时候，自然地融合了民间风情、习俗等原汁原味的乡土元素。四季分明的气候，纵横的河道，棉乡的田野，具有海边人特色的生活方式，还有节日庙会、习俗，以及民谣、富有表现力的方言，都构成了这部书独特的价值。“做出头椽子，领着一帮穷光蛋造反”，这是对主人公胡丛昭人生最简约的概括；“刀笼里摸出驳壳枪”，这是对三北农民参加武装斗争最生动的写照。张老师以他的小说给我们留下了这块土地的记忆。

民间文艺中藏着这块土地的文化信息，也藏着劳动民众的大智慧。这在《慈溪民间歌谣集》中我可以强烈地感受到。我们一代代人，都从民间文艺中汲取精神的力量，那些生存之道，那些苦中求乐的夸张、诙谐，都包含着大智慧。

民间故事、民间歌谣，并非一人创造，而是人民群众的集体创作。它们所反映的，也不是一个人的感受、感情或思想，而是一种集体意识。因此，我们整理、研究民间文艺，是在留住我们这块土地的集体记忆。也正因为有这种普遍性，所以，民间故事、民间歌谣也会被广大的民众所接受。这也是它们的生命力之所在。

2009 年 8 月 2 日

《华芝春秋》[1] 序

一个地方的发展，是有根的。这个根，就是文化。一家企业亦然。

《华芝春秋》是一部讲述民营企业生命历程的报告文学。作者不只是向读者呈现华芝集团今日的辉煌，其可贵之处在于，将徐建华和华芝集团放在慈溪乃至中国民营经济的历史长河里，努力地往深里挖掘，揭示其深层的文化背景，寻绎文化的源头。因此，这部书便有了厚重感和普遍价值。

大古塘是慈溪人大规模修筑海塘的开始。杭州湾潮强流急，海塘建了毁，毁了再建，大古塘从始建到全线完成，经历了 340 年。在以后的 700 年中，随着海岸线北移，这样的海塘，一条一条往北修，一修就是十余条。千百年来，人们筑塘围涂，掘浦挖渠，寸土斗汗，终于筑起巍巍 480 公里新旧海塘，使数百平方公里沧海渐成沃野。

地球另一端的荷兰，四分之一的土地由围海造田而成。荷兰人用硕大的风车将海水驱走，在一片滩涂上建起自己的家园，

[1] 峻毅：《华芝春秋》，宁波出版社，2009。

然后让这个国度弥漫起郁金香的芬芳。他们的国徽上，镌刻着出自威廉一世的格言“坚持不懈”。

历史往往有相似之处。荷兰人刻在国徽上的这种精神，早已烙印在慈溪人的内心。那条条海塘，就是慈溪的脊梁。杭州湾的海潮塑造了慈溪人不封闭、不守旧的性格和敢于挑战、勇于超越的精神特质。

这部书的主人公叫徐建华。但这远不止是一部写徐建华的书。这是在写慈溪企业家，在写新浙商，在探寻慈溪企业家和新浙商的文化基因。

50 年前，徐建华的第一声啼哭穿透咸涩海风的时候，这片土地上的人们还在延续着先人的事业，用手和肩膀修海塘、筑丁坝，并且在海涂地上创造了亩产皮棉全国纪录。当开放的风吹来，这片昔日的海涂地上雨后春笋般长出成千上万家工厂。这是适合生长企业的土地。这是一批天生的创业者，他们身上流淌着创业的血。这些海边人，身上有一种震撼人的力量。峻毅把它叫作血性！对，血性！这是看准了机会绝不放过的果敢，是困难面前不轻言放弃的坚韧，是脚踏实地不唱高调的务实，是永不满足自加压力的超越。支撑慈溪经济发展的，是这块土地的文化，和这种文化浸润出的慈溪人的精神特质。

这部报告文学是注定要被记住的。写慈溪企业的书不少，但像《华芝春秋》这样全景全息叙述一家企业发展历程的，我所见到的还不多。而且，《华芝春秋》是一部有着打动人心力量的文学作品。

这是一部有激情、有高度、有概括力的大气之作。作者是一位并不年轻的女作家，却有着青春的热忱和执着。打开书，扑面而来的是激情，以及在激情洋溢的字里行间透出的理性之光。那些经过提炼的思辨语言和观点，会唤起读者的遐想和思索。视野广阔，开阖自如，在叙述眼前的人物时，不时插入诸如“苏格拉底和弟子们”等哲理故事，增加的不仅是可读性，更重要的是纵深感。

这部作品有很强的艺术感染力。我们一直倡导作家要深入生活，峻毅做到了这一点。整整一个夏天，她就泡在华芝公司。华芝对她敞开心扉，她对华芝一往情深。于是，这部报告文学有了血肉丰满个性鲜明的人物，有了生动活泼的故事和细节，还原了主人公所生活的时代环境。作品笔法细腻而不落窠臼，语言大气而不失隽永。这本书也就有了人情味和可读性。

这部作品也昭示我们，作家要更多地投身火热实践。作品让我们感受到了时代的热度。我们生逢一个日新月异的不平凡时代。文学艺术要与这一伟大历史进程相适应，创作出更多把握时代脉搏、反映时代精神、思想性与艺术性俱佳的精品力作，无愧于人民和我们这个火热的时代。

以理性和艺术的笔触，叙述一家民营企业的生命历程，为了认清一个时代和认识一种精神。《华芝春秋》是慈溪人民乃至浙江人民励精图治艰苦创业的缩影，读者一定会被作品所展现的人文精神所吸引、所感动。

是为序。

2009年初秋

2010

听　潮　集

湖畔传来的消息

——《慈溪作家文丛》[1]总序

一直有消息传来
同物质有关
他们告诉我
天堂的景象
如远方出现的海市蜃楼
……

这是一位作家写给慈溪的。慈溪，给人的印象是富裕，是关于物质的。其实，只要稍稍留意，你就会发现，物质只是慈溪的外壳。慈溪内里有文气，而且源远流长。

“源远流长”的本意与水有关，引喻为历史悠久。我喜欢用这个词语形容慈溪文化，因为我一直以为慈溪文化与湖有关。首先是上林湖。上林湖与一个诗情飞扬的名字有关，这个名字就是高翥。高翥是南宋江湖派较有才情的诗人。史籍载，高翥

[1] 慈溪市作家协会编《慈溪作家文丛》(小说卷、散文卷、诗歌卷、评论卷)，杭州出版社，2010。

号菊磵，上林乡石人山高家人，“少有奇志，不屑举业，游荡江湖，布衣终身”。他性格豪迈，专力于诗，所交皆名士。晚年贫困，无一椽半亩，于上林湖畔搭了个草屋，小仅容身，自题“信天巢”。高翥少有奇志，但其志与举业无关，他给出的文学理想无疑是非功利的，非物质的。无一椽半亩的高翥为人们所景仰，是缘于他的诗才和文人气节。

从南宋走来，历史不过一挥手，文化却在这块海水浸泡、湖水滋养的土地上日益积淀。登临虎屿山，高楼掩映中，文昌阁层楼三叠，飞角翼然。文昌阁始建于何时已无可考，但我们确切地知道，清初这里建起了浒山书院，嘉庆年间文昌阁已耸峙于虎屿山，这是有志可证的。当年有识之贤者集修文昌阁，倡一地重文之风，后虽屡经废举，但崇文尚礼之风一直未颓。虎屿山曾是浒山卫所的制高点，文昌阁建于虎屿山上，其状若飞，高于市井。文昌阁的高是被强调的，它是一种精神理想被物化的象征。我以为这种追求的高度与高翥的“少有奇志”应当是一致的。

滋养文采的还有白湖。清中叶在鸣鹤叶氏族人中出了不少文学“发烧友”，由士子叶炜发起成立了一个草根文学社团，名“白湖诗社”。诗友们常结伴泛舟白湖，面对秀丽的湖光山色，“运斗以酌，扣弦而唱”。白湖诗社自乾隆末年至道光二十年，历时四十余年。光绪《慈溪县志》载，白湖诗社叶氏族人结集作品有三十二种近八十卷，在文坛传为佳话。

白湖之水清兮，可以明我目；白湖之水深兮，可以静我心；白湖之水灵兮，可以润我诗。湖水的净洁清明孕育出一代代才子闻人。当今诗坛，都知道台湾有个大诗人叫辛郁。辛郁原名宓世森，他的根在今观海卫镇宓家埭，正邻杜白两湖。读他的《风》“在浓荫中　这风藏起 / 它的身影　我的歌 / 遂深深陷入 / 一首苦涩的诗的　核内”，如晤彼岸的诗人。他从家乡的湖畔出发，跨越一条海峡，而家乡始终在他心里。1988 年 9 月，辛郁回乡探亲，此后多次携妻带儿回故乡寻根问祖。湖水清清，是诗的源头，文的源头。慈溪文化源头很远，远至宋、唐、汉或者更早；流程很长，从湖畔出发，对流各地，正所谓源远流长。

有一位“老慈溪人”，他叫应修人，现代著名诗人，1922 年在杭州成立我国第一个新诗社，以“湖畔诗社”名之。我想，修人先生大概知道，在清代鸣鹤叶氏族人中有一人成立了一个“白湖诗社”。或许，他就觉得，湖水的灵动是可以滋养诗情的。有谁能忘得了这一泓清水？于是，余秋雨回来了，上林湖畔的老屋还在；冯骥才回来了，回到慈湖寻根。哦，清清的湖水，滋养了人，也滋养了诗情，滋养了文采。

于是，当我翻开厚厚四卷即将付梓的《慈溪作家文丛》，我心中便滑过湖水的声音。这些湖水滋养的慈溪人，他们在不断地书写。他们写下感动，写下激奋，写下痛楚，写下思索。他们在延续文脉。他们在远离浮浅。他们努力追求心灵的富有。也许当下他们只是一滴平凡的水，但是那么多水滴，终将汇成溪，汇成湖。我相信慈溪的文化未来，将如湖水一般绵绵不绝，清澈深邃，并折射出光的五彩缤纷。

2009 年春天，著名作家陈祖芬又一次来到慈溪，以前是为

"报告"慈溪经济而来，这次是参加慈溪文学作品研讨会。陈祖芬开口就说："以前，我说慈溪人人都是老板；今天，我突然觉得，慈溪人人都是作家。"陈祖芬老师道出了一个事实：慈溪人真的很爱文学。

请允许我仿照开头引用的诗句，写下几句话：

一直有消息传来
不仅仅关于物质
他们告诉我
湖畔的风景
还有像湖水一样灵动而源长的故事
……

一方文气一方人

——《浙东》百期感言

《浙东》一百期了。前几天，我从银舫兄那里借到了早期的《三北》杂志，泛黄的纸页与淡淡的油墨味，让我心里一阵感动。是的，这些泛黄的颜色是时间的痕迹，它是先行者开拓与探索的足音，它把时代的轨迹浓缩进铅字里，它是对坚持与付出最好的铭记与回报。它被时间小心翼翼地珍藏，翻开它，沉甸甸的，让人感到一种厚重。这大概就是时光与土地共同赋予刊物的历史的厚重感。

1986年，慈溪文联创办了文艺季刊《三北》。1993年，《三北》更名为《浙东》。更名许是缘于偶然，却改得十分贴切。“浙东”这个词，在地理上是指钱塘江以东的广大地区，主要包括宁绍台等地。然而，“浙东”更为深邃的内涵却是在文化方面的，它是指浙东地区独特历史地理环境所形成的独特文化精神。至于清初的“浙东学派”，就更是气象不凡，黄宗羲、万斯同、全祖望、章学诚等经史大家皆出于此宗。浙东文化本是自成系统，完整而稳固的。三北地区作为浙东文化地理概念的有机组成部分，亦承继着整个浙东文化的基因。作为慈溪标杆性的文艺杂志，虽然立足于一域，却绝不能局限于一地。以“浙东”命名这本刊物，可以更好地表达其办刊宗旨和发展方向。如果进一步深入了解浙东文化的传统，我们就更容易看出《浙东》从浙东文化中传承下来的精神气质。

浙东学人历来强调经世致用，认为学术不可脱离社会实际，反对不切实际的空泛之学。经世思想深刻地影响着浙东地区的民众文化心理，经世致用也一直是浙东文化传统。《浙东》在办刊之初就将关注现实作为自己的基本价值取向。改革开放以来，慈溪工业化进程如歌如潮，《浙东》作为立足地域的文艺刊物，肩负起历史责任，刊发了许多反映慈溪建设发展进程的小说、报告文学。近年在《浙东》连载并获广泛好评的小说《温暖》《阳谋》等，也多为现实题材的力作。这种关注现实的情怀，也是《浙东》季刊有长久生命力的重要因素。

独创精神，流淌在浙东文化的血液中。浙东学者历来有独立思考的精神，是一批敢领时代风骚的学人。做越窑青瓷、围海造田、建跨海大桥，慈溪的每次发展也都伴随着创新、创造。文艺，就更应如此。因此，《浙东》也在努力尝试各种可能性，开县级文艺期刊风气之先。各种带有探索性的组稿方式，体现着编者的用心。《浙东》刊载的作品也多有开创性，让人耳目一新。慈溪文艺创作亮点纷呈，阵容整齐，令人称奇。

浙东学派的代表人物黄宗羲说：“学术之不同，正以见道体之无尽也。”这与后来蔡元培“兼容并蓄”的治学思想异曲同工。学术如此，办刊亦如此。不断地提携后学新人，让各种不同风格、不同题材乃至不同艺术门类的作品，和谐地存在于同一本刊物之中而不显唐突，是不容易的。这种包容，也促进了思想的碰撞，使作者在相互的阅读中拓宽视界，促成了地方文艺的进步。

诸如此类的联系实在不胜枚举，如严谨的治学之风，强烈的人文关怀，以及不羁的自由精神等。常言道，一方水土养一方人，一方文气又何尝不在成就着一方人！立足于人杰地灵的三北大地，得浙东深厚的学术与文化传统的滋养，并在过去25个春夏秋冬中孜孜不倦地探索与努力，才有了今天的《浙东》。编者、作者和读者用真诚的心血，让刊物自身的历史与地域的历史相互交融，从而使刊物走过稚嫩，不断成长，形成自己独特的性格，并拥有厚重的灵魂，最终区别于其他的刊物。

如行者跋涉，一百期，是一百座不同形状的山峦，一百条不同颜色的河流。百期特刊，是一次辉煌的总结，更应该成为一个传奇的起点。相信在可见的未来，《浙东》将继续紧握浙东文化的内在脉搏，呈现慈溪文艺更多的精彩！

此刻，写下这些文字，我仿佛听见不远处钱塘江水奔流入海的涛声。

2010年12月6日

把艺术做得更沉厚些

——《陈之佛艺术馆》馆刊创刊词

100年前，有一位少年从浒山晓记里出发，来到省城杭州，学习图画和图案工艺，后又东渡扶桑，成为在日本学习图案的第一个中国人。

100年后，以他的名字命名的艺术馆，在他的故居旁落成开馆。

他，就是陈之佛。2010年12月29日，陈之佛艺术馆开馆。参加开馆仪式的嘉宾还收到了一本以陈先生设计的图案作封面的小刊物，就是这本《陈之佛艺术馆》。

手捧馆刊样稿的时候，我们的心情是复杂的，有喜悦，更有忐忑。其实，想表达的，馆刊里里外外都写了。我们想做一个什么样的馆刊，我们追求什么，我们要为热爱艺术的人们做些什么，你在文字和画面里，都能读到。不过，我还是禁不住要说几句多余的话。

办这本馆刊，最先的理由是想让人们透过这个窗口探得这个城市的人文奥秘。从小我便对这里的七间平屋怀着好奇，有一次进到里面，我才知道，这里藏着我们这个城市的文化密码。一个城市，不能没有文化。而要了解这个城市，就得了解这里的七间平屋，以及平屋的守望者。20多年了吧，一个叫叶文夫的画家天天在这里守望。他说，他享受着这里的一切，尤其是雨打芭蕉的声音和竹叶的沙沙声。他努力地画，贪婪地吸收古今中外的艺术养分。他说，不努力不行啊，陈老先生在看着呢！某种意义上讲，七间平屋也成了几代人艺术精神传承的见证者。传承什么？怎么传承？对了，办一个刊物，告诉你，告诉他，告诉想探得文化密码的人们，告诉爱艺术的你。你想说的，也可以说来听听，通过这个窗口，我们交谈，我们讨论，我们思考，我们争论。把艺术做得更沉厚些。让艺术走得更长远些。让艺术更艺术。这里，没有框框，没有成见；这里，推崇创见，欢迎高见。于是，在陈之佛艺术馆开门迎接你的时候，我们想到还可以给你送上一本馆刊——透过这个窗口，你可以看到更多。这就是我们办这个刊物的初衷。

最后说说我们的办刊宗旨：

——学术含量是我们追求的厚度，没有理论的艺术会显得飘，我们希望慈溪的艺术增一点厚重。

——植根土地是我们不变的向度，如大滩涂长出的一棵小树，在盐碱地里深深地扎根，枝枝叶叶奋力地向着天穹伸展。

——平凡但不平庸是我们的态度，努力办出个性，办出风骨。

我们期待你关注的目光。尚美路上，让我们携手前行！

2010年12月9日于半亩方塘

文学是灯，给人照亮

——《杜湖》复刊词

我是观海卫人，我深爱这一片土地。

这是一片有着深厚文化“地气”的土地。这里有“办学三贤”：吴锦堂、沈文棋、姚云龙。这里素有崇文重教的传统。

我还想起了三位文艺先贤。他们都是从这里走出去的。

徐进，1923 年生于东山头，剧作家。他改编的越剧《梁祝》《红楼梦》是留在文艺历史长河里的经典。他小时候在锦堂乡村师范附属小学读书，从小喜欢读小说，家里有许多古典小说书，他偷偷读了不少。再就是喜欢看戏。越剧科班来观城演出，他把书包藏到柴堆里，爬到树上看戏。

由于家贫，没读完中学，徐进就到上海一家西药房当了学徒。1942 年袁雪芬尝试越剧改革，公开招考编剧。徐进瞒着老板前去报考，考了个第一名，袁雪芬称他“状元公”。徐进向药房老板辞别。老板很吃惊：“你捧着只好饭碗，咋一定要到那里吃油炒米饭？”“油炒米饭”四字对徐进的刺激，抹也抹不去，那是对戏曲的蔑视，也是对徐进的羞辱。徐进只回答他三个字：“我喜欢！”1955 年，他酝酿改编《红楼梦》，要把红楼搬上越剧舞台。

有人泼冷水。他还是那几个字："我喜欢。"

"我喜欢"是一种境界。今天，在这片土地上，也有一批热爱文学的人经常走在一起。爱文学，爱生活，爱这个世界。

姜彬，1921年生，作家、民间文学研究专家。20世纪60年代中国作协上海分会党组主要负责人，曾任上海社科院文学研究所所长、上海文联副主席、中国民间文艺家协会副主席，主编《中国民间文学大辞典》。他最大的成就在民间文学研究上。他选择了一个自己擅长的领域，沉入其中，长期积累，终成大家。1954年出版第一本论著《论歌谣的表现手法及其体例》。他的《区域文化与民间文艺学》《吴越民间信仰民俗》等专著也有极高的研究价值。

每个作者都有自己的长处。要相信自己，尤其要珍惜自己独特的经历、体验、感悟。收藏家谱的励双杰写出了《阳谋》，靠什么？读古典小说的底子，收藏古籍的生活积累。真率的吴珍艳写出了《温暖》，靠什么？对普世的关爱和想象力。每个人都要珍视自己特有的东西！

李又然，生于1906年，作家。1928年留学巴黎，其间他认识了艾青，两人成了莫逆之交。艾青因宣传革命入狱，他多次设法营救，还将《大堰河——我的保姆》诗稿从牢中带出发表。在延安，他是很活跃的作家，被称为"宝塔山下散文家"。1946年主持筹建吉林省文联。1957年他被错划成"右派"，以后20多年饱受磨难和屈辱，直到党的十一届三中全会后才改正，又可以写了，但已体弱多病，于1984年病逝。丁玲在《为李又然同志的散文集写几句话》中写道：“他是一个善良的人，从没有害人之心的人”“他有很健康的、饱满的热情……他的感情是一个战士的感情”。

在很长的一段时间里，李又然不能写，空有一腔热情。这里有个创作大环境的问题。我们现在的大环境是好的，我们没有理由不努力写啊！

说完三位前辈作家，想说的差不多都说了。最后再说几句：

文学要关注历史。历史就是记忆。

文学要关注心灵。给心灵一抹希望的亮色。

文学是灯，给人照亮。

2011

听　潮　集

星斗千秋朗

——序《历代诗人咏严子陵》[1]

一颗星，虽然离我们遥远，却恒久闪耀于历史的天幕。

我常想，两千年来，历代文人为何不断地追念他、吟咏他？

知识分子与政治，是一个化不开的结。出世与入世，一个纠结的命题。多少人就在这“出”与“入”的矛盾中煎熬。于是，光风霁月的严子陵就成了一颗星。也许，他早已成为历代文人精神理想之化身，成为士大夫借以表达理想人格和人生态度的符号。“高山仰止，景行行止。虽不能至，心向往之。”于是，中国文化长河里有了无数吟咏严子陵的诗。诵读这些篇章，犹如穿越时空的隧道，与一个个鲜活的生命对话。

有时，我读到了景仰和向往。严子陵并没有留下煌煌著述，也谈不上赫赫功业，但他的精神已经超越了这些。于是，司马光喊出了“吾爱严子陵”的话，钦敬他的耿介兀傲。大诗人陆游说，钓台是一本书：“羊裘老子钓鱼处，开卷令人双眼明。未可忽忽便持去，夜窗吾欲听滩声。”许多人把他引为人格楷模，自我放达之精神依归，留下如许意境极美的诗句：“焚香谒罢归帆隐，一枕

[1] 余巨平编著《历代诗人咏严子陵》，甘肃人民出版社，2011。

清风到野航”（明·魏良弼），“时见鸥一双，冲波自来往”（清·翁心存）。

有时，我读到的则是叹息。这是翰林谪仙人李白的叹息：“松柏本孤直，难为桃李颜。昭昭严子陵，垂钓沧波间。身将客星隐，心与浮云闲。长揖万乘君，还归富春山。清风洒六合，邈然不可攀。使我长叹息，冥栖岩石间。”

元气淋漓特立独行的人总是不容易被理解的。谁又能真正理解严子陵？正如袁枚所叹：“千秋欲解还山意，只问江头老钓竿。”

有时，我读出的是彷徨和困惑：“旷世犹相感，吾将何所之”（清·朱景英）。被誉为“史学大柱”的全祖望，以诗招魂，写下《姚江以诗招严子陵魂》，大呼：“我思筑双台，东西招精英。魂盍归乎来，一曲江峰青。”分明是诗人面对一种精神失落时的怆然。

读这些诗的时候，我在想，诗人们在写谁？是写严子陵，又是在写自己，字字沾着自己的泪，句句浸着自己的血。吐的是心曲，发的是心声。于是，这些诗也构成了中国历代文人的一部“心史”。

余巨平兄长期在图书馆工作，浸润于书海，尤用心于地方文献的研究。严子陵是慈溪县境最早载入史册的人物。两千年来形成的严子陵文化景观，引来历朝历代文人骚客观赏、朝拜、瞻仰，留下浩如瀚海的诗篇。巨平积多年之功，于文山书海广泛搜集，八方罗致；又细心甄别，反复筛选，终成此书。巨平说，他是为地方文化的研究整理做一些基础性工作，自是他的谦辞。实在说，严子陵不仅是某个地方的，更是属于中国文化的，是跨时空的。所以，此书的意义，也远超出了慈溪文化的范畴。

本书付梓前，我有幸先读为快，写下一点感想。

向南走，向北走

——《慈溪元素》[1]代序

这是我读到的最凄美动人的慈溪民间故事：

相传，东汉末年的上林湖，盈盈一水间，一个村姑与一个陶工在一起为第65次倒窑而叹息。村姑的父亲因为贡奉不了好陶器，被官府关押了。陶工拉着村姑的手说："要是新陶能有你手臂的肤色，就成了！"村姑说："倘真能成，父亲就可回家了吧？"陶工说："那自然！"话音刚落，村姑纵身跳进了窑炉。几天后，开出了一窑绝色新瓷，便是上林越窑第一炉青瓷。

读此故事，心为之一颤，为村姑的纵身一跃，为一种精气神！于是，面对一件件精美越窑瓷，我常常感到一种精神血脉的涌动！

假如你要了解一个地方，你必得了解一地之精神血脉。

向外地客人介绍慈溪，我会陪他们朝两个方向走。先是向南走，向着翠屏山，徜徉上林、杜白，于云溪间沐浴慈孝之风，于慈水间体味越瓷之韵。然后往北走，去看海塘，朝着海的方向。

面对一马平川的土地和横亘于土地的十余条海塘，我常常

---

[1] 陈墨：《慈溪元素》，上林文丛第四卷，2011年3月编印，内部交流。

心潮起伏，不能自已。我会在塘泥里听到狂浪撕裂大古塘的啸叫，在防浪墙的块石间看到无数肩膀渗出的血痕。不，远不止这些。我只能说，这条条海堤，是慈溪的脊梁。我能感觉到它血脉的偾张。

陈桥驿教授是著名的历史地理学家，对慈溪可谓知根知底。在向外国朋友介绍慈溪时，他说："慈溪有个海塘博物馆，是个三北半岛形成的博物馆。"寥寥数语，点出了海堤对于慈溪这块神奇土地的重要性。慈溪人不断地以自己的人力与天工结合，向自然要生存的土地！在为自己创造生存空间的同时，慈溪人也铸造了一种看不见的东西。这种东西支撑着慈溪人不断向北递筑海塘，创造奇迹。这种东西绵延千百年，代代相传，融入血脉，成为慈溪人的基因，成为慈溪人的精神血脉！

一条大古塘，屡建屡毁、屡毁屡建，历经宋元两朝，整整三百年，终于绵亘为一。百千年的搏海，是一代代慈溪先民合演的历史剧！筑造海堤不仅仅是物质维度的壮举，也是生发精神财富的重要源头。

向南走，朝山的方向，读懂慈溪人温润的一面；向北走，往海的方向，方可透彻理解慈溪人开拓、坚韧本性的源头。

许多作家以及经济学家、社会学家，皆惊叹于慈溪人创造的经济奇迹。其实，"慈溪奇迹"背后潜藏的精神内核，才是最可贵和最根本的。探寻这种精神内核的过程，是充满挑战性的，既要对这片土地怀着激情和厚爱，也要有深厚的学养和敏锐的思辨。《慈溪元素》作者陈墨先生，自称是"滩涂上的一株咸青草"，深爱厚土又长于思考。此书对慈溪主流文化进行了一次文学的阐释，并非鸿篇巨制，却有着宏阔的时空感，思接千载，视通万里。阅读这些文字，我是在倾听历史与现实、文化与经济、伦理与习俗的交互脉动，我在感受斯地斯人的精气神。

一个有精气神的城市，才有长久的生命力。

2011 年 2 月 21 日于半亩方塘

在诗行里听你的心跳

——读《流云无声》[1]札记

沈建基先生：

你好！那日，在书店偶遇你的诗集《流云无声》，捧读之后，便有了要给你写信的想法。

读的第一行诗：太阳在这里放牧。太阳放牧？我感佩你的想象力，然后一口气读了很多首，口中念念有词，是否引得人们侧目，不知道。

你说，你是村夫野老。不错，你一直在大地飘摇，也早过了花甲之年，却一点不老。心年轻，人就年轻。爱诗的人永远年轻。你的手很粗糙，那是苦难磨的。你生在一个小地主家庭，这就注定了你在那个年代的命运。在生产队里，你是被管制的“黑五类”，没有自由，更不能外出。可是你终究还是出去了（你曾称之为“流亡”），不敢让大队的人知道行踪。一个“黑五类”在祖国大地行走，那就是一颗失去管制的炸弹哦。你没有炸，你只是要生存，要自由。于是，一走，走了二十年。“养蜂为生，逐花而居”，八个字读来多么富有诗意。可二十年踏过多少泥泞，天知地知，

[1] 沈建基：《流云无声》，人民文学出版社，2007。

还有脚下的鞋底知道。上苍总是公平的，派来了缪斯女神伴你左右。不知道是缪斯慰藉了你，还是你慰藉了缪斯 —— 在那个精神荒芜的年代，你用脚步丈量大地，用生命写就诗行，在天山高高的云层，或草原深蓝的天穹，缪斯女神听着你的吟唱，为你击掌！

你人生的路过于坎坷，你受了太多的苦。这些苦，让你的诗增加了一种感人至深的厚重。我在一首诗的附注文字里知道，小鸣是你的儿子，1977 年生，“1978 年 6 月先其母一周因腹泻不治而逝”。我知道，1978 年的这个夏天对你而言意味着什么！两个至爱的亲人相隔七天相继离世，小鸣在人世仅九个月！你在小鸣离世一年后创作的初稿、30 年后修改的诗《小鸣》里说：春风已经逝息／心灯已经吹灭／想起你临死犹呼“爸爸”的眼神／漂泊半世／六月之雪／瞬间落满我无限愧疚的心上。在 31 年后写的《清明》（又名《我的爱人》）里，你说：东山采来玫瑰／西山采来丁香／做一架绝世的婚床／请你再做一回我的新娘。读到这里，我与爱人都已泪湿衣襟。

你喜欢的意象，大气、苍茫。在旷野待久了，你的心也变得开阔。你歌颂太阳：太阳有七色琴弦／在我心中／是谁把它轻轻奏弹／是草原绿色的微风。你要随云飞翔：给我一片云／随着云飞翔／远方，故乡／小野菊正在对着天空遥望。

许多诗，我们读到的多是恨。你这里，有忧郁，有伤感，但更多的是爱，是通透，是达观，唯独没有恨。这让我想到另一个慈溪人姚云龙，一个有大爱的人。这还让我联想到新近读的贾平凹的长篇小说《古炉》里的善人。善人给人讲人生，用故事；你给人讲人生，用诗行。

你说：有一个梦在前方／就有一颗星在闪烁。你是有梦的人。你说：我背着一袋梦的种子／在暗夜 顶着呼啸的北风／去追寻。你对你的蜂群说：我的小蜜蜂啊，好好干吧／咱们要把每一丝希望采回家。你对病中的妻说：我的心虽然被羁在黑夜／但总觉得曙光就在前方／我总在谛听石头里的歌唱。

你的吟唱，让我对诗有了新的认知。诗是生命的歌。你用了一生来吟唱。诗行里，分明有你的泪和血，还有你的心跳。

我这是在说诗吗？是，又不是。

我不懂诗，更不会作诗。不过，我爱读诗。

那天，你给我送来几本书。这是我今年收到的最重的礼物——这是给所有热爱诗的人的礼物。

您的小友：木耳

2011 年 3 月 9 日于半亩方塘

渐行渐远的背影

——《溪上诗丛》[1] 总序

在一个白云悠悠的晴日，我们几位参与《溪上诗丛》编校的同人，相约赴宗汉潮塘张家拜访百岁老人张行啚先生。

《溪上诗丛》辑录了七位近现代乡贤诗人的吟稿。

张老是七位前贤中“硕果仅存”者。“七子”中，童春、胡丛卿、洪允祥、柴小梵四君于二十世纪二三十年代先后辞世，施叔范、胡宅梵二君于1979年、1980年相继离世。张老是“七子”中年龄最小的，也是最高寿的一位——他生于1911年，至今已走过了整整一百年。

编辑出版《溪上诗丛》，旨在为历史保存一份清新鲜活的记忆。

与近现代史上许多进步读书人一样，他们受民主思想的启蒙，图强奋发，崇尚新学，又有着深厚的传统文化底子。

最年长的三位是胡丛卿、童春和洪允祥，分别出生于1871

[1] 胡丛卿、童春、洪允祥、柴小梵、胡宅梵、施叔范、张行啚：《溪上诗丛》（全7册：《祝园诗稿》《占恒斋吟稿》《悲华经舍诗存》《蓍簃诗草》《胜月吟剩》《施叔范诗钞》《剑光花影楼诗稿》），王孙荣、童银舫、吴铁信、胡洪军、方向明、胡遐、陈成益点校，浙江古籍出版社，2011。

年、1873 年和 1874 年。在那个风起云涌的年代，他们是何等意气风发的青春少年！胡丛卿深受严复“进化论”、梁启超“新民说”影响，新思想时闪烁于诗行。童春《二十初度》诗云：“也怀破浪乘风志，自问何甘老砚田。”1905 年，童春掌教于家乡昌明小学堂，推行新学。他一生致力于乡村教育，深孚众望。洪允祥 1903 年与钟观光、虞和钦等在上海创办《宁波白话报》，早年加入同盟会，1910 年任上海《天铎报》笔政（主编），宣传革命，抨击时政。

我们在几位前贤的诗行里发现了一个“秘密”：他们大多有嗜酒的雅好。童春自号“壶仙”，乃锦堂教员“一佛九仙”之一，尝自吟：“年来侥幸号壶仙，一斗敢夸诗百篇。”洪允祥（佛矢）一生几乎无诗不酒，无酒不诗，自云“我所到处，诗多书多酒瓶多”。嬉笑怒骂，人称“狂生”。其实佛矢先生是清醒的，史论卓越，识力笔力均超逸凡俗。“醉来犹读燕丹子，市上荆高不可寻。”其丹心可鉴！胡丛卿虽未见嗜酒记载，也有《酒后》诗云：“酒后高谈亦快然，好将凉帽比青天。”

生于 1904 年的施叔范被诗友曹聚仁称为“酒伯”，上海滩的酒肆留下过施叔范的酒魂，陪他喝酒的大抵是唐云、邓散木、郁达夫、白蕉、唐云旌、若瓢等人，这些朋友没有一个不是善饮的。

诗酒是绝配。好酒爱诗之人，定是性情中人。即便身处艰危，颠沛流离，依然无法泯灭诗人的赤子之心。或痛快淋漓，或沉郁顿挫，或清新恬淡，皆发自肺腑，天真率然。

日寇入侵，家乡沦陷，施叔范“流亡”于两浙山水间，其《古寺》读来令人荡气回肠:“古寺灯悬诗胆赤,春檐雨沸酒花黄。”洪允祥朗声向我们走来:“我有倚天一长剑,为君谈笑扫戎羌”(《咏史》)、“寂寥天地悬明月,慷慨江湖写古风”(《身世》)。洪先生生前甚至给自己写下挽联,自挽云:“少时与陈天婴冯君木齐名,酒德累君,短翼差池同斥鹌;晚年以华严经宝藏论为伴,神通逊佛,玄云惨淡恤群能。”亦是天下一绝!

那是怎样的诗酒人生啊!那个年代已经远去,可是那样的斯文,诗友唱酬、风云际会的风景依然动人!乱云飞渡的天空下,几个长衫的背影,依稀还在眼前:

在一个木叶黄落的秋日,青年胡宅梵持诗稿前往金仙寺拜见弘一法师,大师盛赞其诗“能媲美陶(渊明)王(维)”。11年师弟情缘中,宅梵与弘一法师时而形影相随,时而鸿雁频传。仅从弘一有关资料查证,1930至1938年,弘一法师致宅梵的书信多达67札。

1917年,25岁的柴小梵东渡扶桑,受聘在吴锦堂创办的神户中华学校任教,结识在日游学的王揖唐、叶恭绰等人,诗文唱和,啸云吟月。

1933年秋,而立之年的施叔范在上海与邓散木等结“哭社”,吟诗会友,胸怀丘壑。抗战后回上海与唐云、邓散木、沙千里等老友重逢,酒痕墨迹,于雅扬风,为一时所称道。其与马一浮等名流亦多有唱和。

张行邕幼解声律,有“童子诗人”之称,每喜以诗文结交,相互切磋,友善者有坎墩严介畴、施叔范,长河范无伤等。后又与父执毛契农、丘瀣山成忘年交。丘更将其介绍于山西景梅九，获赏识，荐于南社湘集主事者柳敏泉。柳先生与其互换照片，约定一月通信两次交换诗作。

…………

黄昏，白洋湖畔，有两个身影在徘徊，一个身材清瘦的僧人和一个布衣青年——这是我心中的弘一法师与胡宅梵。不知何时起，这两个背影旁边又出现几个长衫背影，偶有西服短装，愈来愈多，以致无法辨认。这些背影又叠加在一起，幻化成一个背影，渐行渐远。

让我们朝着这个背影，长久地凝望。

2011 年 7 月适逢大暑

家乡的记忆

——《观海卫文化丛书》[1]总序

家乡的记忆，有时是一段河流，或者一则传说，一首歌谣。

乡土情怀，她是那样深切地扎根在人心底，以致成为人们情感最深层的底色。本质上说，乡土情怀是一种对于家乡历史和文化的记忆。

《观海卫文化丛书》的编写、出版，就是要保存这种记忆，为地域文化的延续、传承和发展奠定基础。

从这个意义上说，观海卫人，以及在外的观海卫游子，是何其幸运！观海卫镇如此重视非物质形态的地域文化的整理和研究，是有远见的。观海卫有这么一群钟情于地域文化的守护者，他们脚踏民间的土壤，筚路蓝缕，穷源溯流，他们对乡土文化的挚爱与义无反顾的责任感，让我们感动。

地域文化主要是在地域内自然地理条件下形成的。某个人类群体生存的地方，其物产资源、经济状况、历史遭遇、气候情况

---

[1] 沈国旺主编《观海卫文化丛书》（全3册），《闲话观海卫》（莫非、樵风编著）、《观海卫民间故事》（陆建立编著）、《观海卫老话故事》（裘一挥、柴娜珍编著），沈阳出版社，2011。

等，都决定着这个地方的文化的特点。观海卫是一个有山有水，又有着悠久历史的地方。常言道，一方水土养育一方百姓，一方百姓创造一方文化。水土的因素，自然地理环境的状况，对地域文化具有决定性影响。观海卫是典型的“老慈溪”。1954年镇北、慈北、姚北合为新的慈溪县，属于老慈溪的就是观海卫一带了。观海卫文化有一定的典型性，也有着独特的研究价值。比如，观海卫一带的方言，就与一条河之隔的桥头不一样，许多习俗也有不同。不同的地理环境，孕育出了不同的地域文化，世界的丰富多彩大概就是这样来的。

地域文化具有无可估量的现实价值和深远意义。人们常说：入乡随俗，入乡问俗。到一个地方去，不管是投资经商，还是旅游考察，首先要了解的是这个地方的人文地理情况。所以说，地域文化是一个地方的窗口。同时，地域文化对经济发展是一个重要动力。文化越来越成为一个地方凝聚力和创造力的重要源泉。没有经济的文化当然是贫穷的文化，而没有文化的经济也必定是愚昧的经济，缺乏品位的经济，难以继续提升发展水平。再者，文化繁荣也是经济、社会发展应有的重要目标。一个地方的发展应当是经济、社会的全面发展，其中当然包括文化建设。

很多年前，“闲话观海卫”历史文化系列随笔在《慈溪日报》亮相，成为一个引人注目的固定栏目。余麟年先生是这个栏目的主要撰稿者，还有莫非、沈旭娜等几位年轻的文化同道。他们的文字，成了《闲话观海卫》一书的主体。由观海卫作协主席陆建立牵头编著的《观海卫民间故事》一书酝酿多年，在二十世纪八十年代民间文学“三集成”基础上，分门别类，代表了观海卫民间文学的成果。《观海卫老话故事》也是一种集体记忆，但由于老话故事没有书面文字的基础，有的老话故事有多个“版本”在民间流传，有的故事情节不生动，在搜集、记录、整理和再创作的过程中，编写者付出的辛劳，可想而知。我们应当感谢他们！

这套丛书的作品，有一些共同的特点。原汁原味的地方生活特色，生动幽默、俗中见雅的生活语言，淳朴、原生态化的人物塑造，通俗易懂、深刻悠远的思想主题，是这些作品共同的价值倾向。这些作品记录着社会发展演变的历程，体现了地域民众独特的生活方式、道德观念、思想情感，传达出的是观海卫独有的民风、民俗、民貌和民间智慧，因而具有了不可替代的地域文学史或文化史的意义。

我为这套丛书的出版而欢呼！

2012

听　潮　集

有电影陪伴的日子

——《光影流年》[1] 序

斯人交给我一沓稿纸，是我市影视家协会同人的影评集，让我写一点话。对于电影或影评，我没有研究。不过，读着这些文字，让我想起了许多与电影有关的事情，想起了有电影陪伴的日子。

童年时在村子里看电影的那些个夜晚，我是不会忘的。白天的晒谷场，傍晚时分张起了银幕，摆满了高高矮矮的凳子椅子。夜幕降临了，银幕下聚集了全村的小男孩们，他们挤来挤去，仰着头等着正片开映。《闪闪的红星》的潘冬子、《渡江侦察记》的李连长、《上甘岭》的志愿军是男孩们心中的榜样，以致在一种游戏中大家都争着要做志愿军，在衣服口袋上方贴一张纸作为志愿军标志。渐渐长大，不再在小孩堆里挤了，我远远地站在外围，也有隔着河在银幕背面看的经历。《牧马人》《巴山夜雨》让我隐约感受到某种沉重。自然还有表演爱情的，于是张瑜和龚雪成了儿时的女神。那时的精神食粮就那么几样，电影是其中的大餐。电影给我的思想底板上了什么色，我说不清，反正爱电

[1] 慈溪市影视家协会编《光影流年》，2012 年 1 月编印，内部交流。

影，十几里外也要跑去看。

小时候有没有写过观后感之类，已忘了。不过，读师范时看《高山下的花环》，老师是布置了作业的。老师说他看的时候，泪流不止，特意关照我们别忘了带上手绢。这部电影是以对越自卫反击战为背景，梁三喜的刻画尤为成功，我甚至觉得他身上体现的是我们民族的性格，尤其是底层民众的忍辱负重。他那张沉重的脸，至今仍清晰印在我的脑际。三喜媳妇在三喜坟头那句台词，我也记着。看过好几遍，每一次听她说到"盼盼，我给你养着"的时候，我的泪水就止不住。请女友看电影，是带有那个时代特色的约会方式。我还记得第一次和女友看电影的情状，有点晕乎乎的，想和她靠近些，试探着触碰她的胳膊肘，尽专注于她了，看什么自然就记不得了。浒山老影院是我教书之余经常光顾的地方。我至今都不会忘记，看完电影《雷锋》，我轻捷地从影院的台阶走下来，觉得天格外的蓝，空气格外清爽——忽然觉得，艺术确实是可以净化心灵的。

对于电影，我是个不挑剔的人。电影总能给我带来惊喜。《老井》《红高粱》，给我视觉冲击之外，更多的是中国味道。《色戒》《集结号》《南京！南京！》给我一种全新的感觉，视觉的，还有思维的。《功夫熊猫》《阿凡达》让我知道什么叫文化影响力。也记得日本的一个"小制作"电影《入殓师》，讲的是生命的轻和重，教我对死亡、对生命有了新的理解。最近的一次享受电影，是在家里观看了张艺谋的《我的父亲母亲》。这个片子让我再次对他顶礼膜拜，除了色彩、镜头感，叙述的节制、电影语言的简净，尤其是关于人生的思考，让我经历了一次艺术和感情的洗礼。一场好的电影，会让我身体的每一个细胞更欢畅地呼吸。

读这个集子，让我想起浒山老影院门前的宣传窗，在那里常可以读到一些影评文字。也是在那时我知道了影评学会创立者张日铣老师的名字。从张老师他们开始，慈溪影评一直保有这样一种传统（或者叫风骨），率性，敢于亮出自己真实的观点——这也是“草根”影评可贵的地方。当然，这样的写作，更重要的是使自身得到磨砺，使我们的眼光更锐利，审美水平得到提升。现在，影评学会已发展成为影视家协会，协会除了鼓励写影视评论，还发起了影视小品创演活动，形成了“五自”（自编、自导、自演、自拍、自制）模式。这个大胆而富有创意的尝试，为地方影视家协会发展探索了新路，开了先河。在影视家协会，我们常能感受到一种气息，那是温暖的，又是清新的。愿影视家协会的同道们给我们带来更多的惊喜。影视让我们的人生更美丽。

兰街，让生活多一分念想

—— 为《兰街》创刊而写

天元文联同仁欲编一本文艺刊物，以“兰街”名之。

第一次听说“兰街”，是在二十世纪九十年代，那时候不知道“兰街”是怎么回事，还纳闷：“兰”与街市有什么关系？

最近，天元文联分会成立，创办《兰街》刊物，要我写点文字。我感到为难，因为不了解。于是寻找关于兰街的资料。一读，才发现，这不是一个简单的词，它蕴藏着丰富的历史信息，那么鲜活，那么具象，那么民本！简简单单的两个字，却是有温度的。

兰街的来历，说法不一。我更愿意相信兰街起源于“兰”的说法。这个故事与一个道士有关。说起道士，我原本没有好感。然而天元的张道士却不同，他是有点风雅的，喜欢植兰，大概是受了当时宁绍一带文人雅士的影响。那是清嘉庆年间，距今二百多年了吧。张道士主持着位于天元西街后的一个道坛，当地人称“仙坛”。道长喜兰，自然带动了周围的一些人。有一年深秋，张道长发起了一个兰花盆景展会，俗称“兰盆会”，展地就在道坛内。这可算是“兰街”之滥觞了。以后“兰盆会”每年春、秋各一次，到了清道光年间，参展者众多，道坛容不下了，就租用坛南民地展览了。展会内容更是从观兰赏花，扩展到品兰、咏兰、画兰、赠兰，一时名传姚北。

这个故事可以叫作“一个道长和一个雅集”。是的，“兰盆会”的确是一件大雅之事。至于后来，逐渐加入了商业和文娱的内容，也是情理之中的。生活本来就应该是丰富多彩的。生活要让人饱口福、饱耳福、饱眼福，使人精神愉悦。“兰盆会”声名在外，吸引了周围四邻的民众，一些有生意头脑的人，就摆起了糖果和糕点摊、泥人和糖人摊，也给妇女和儿童们添了一些念想。许多民间戏班也来赶热闹。到了清咸丰五年（公元1855年），“兰盆会”正式改称“兰街”，意为由“兰”起源的街市盛会，以民众庆丰收、备耕具、添用品为目的，时间为每年农历十月廿七至十一月初的七天。天元“兰街”的名称和习俗就这样一直传下来了。“兰街”的文娱活动也越来越丰富，有关帝庙大戏台的绍兴大班“五王舞台”、大河沿胡家祠堂的盔戏“余杭班”、东街王家祠堂的新昌“调腔班”、西街口朝北庵的男子“的笃班”等，真的是好戏连台。沿街更有多得数不清的木偶戏、帐头案、夹壁戏等。

兰街，真不是简简单单的两个字啊。

走在天元老街的青石板上，四围响起高亢的绍兴大班、缠绵的越剧，还有余姚滩簧坎墩班的腔调。兰街，是一个节日。对于天元以及天元周围的人们，它曾经就是生活的奔头啊，一年到头的大念想。天元人是幸运的，因为有兰街，便让生活多了一分念想。兰街，承载着天元人的生活向往，寄托了天元人的精神追求。

你要了解天元，你要读懂天元人，你必得走一走兰街。

兰街是一本书，天元人正写着新的篇章。

2013

听　潮　集

青春不毕业

——《2013年慈溪市青年文艺创作研修会专辑》代序[1]

我在找一个词，形容我现在的心情。“欢喜”一词或许可以。

也许是老了，这些年看到小孩子特别高兴，比我做老师时还高兴。可能是我感受到他们身上那种活泼泼的力量，从他们身上看到了未来。或者，看到了自己，自己也是这样过来的。

看到名单，我非常欢喜。很早就有这样的愿望了。老作家李国文说：文学，是属于年轻人的。这也让我想起了清人赵翼《论诗》里的句子：“江山代有才人出，各领风骚数百年。”用网络语言说：“长江后浪推前浪，前浪拍在沙滩上。”自然规律是很残酷的，谁都无法超越。

青春真好。在座的，都是“80后”和“70后”。不少人可能觉得已经不青春了。我想说：青春本质上是一种精神状态。什么是青春？就是永远保持对世界的好奇心，保持如饥似渴了解世界的激情。

---

[1] 慈溪市文学艺术界联合会编《2013年慈溪市青年文艺创作研修会专辑》，2013年编印，内部交流。本文根据在青创会上的讲话整理而成。

新中国成立初期，有一位少年作家，写了《青春万岁》《组织部来了个年轻人》等作品，他的青春作家的形象留在了文学的记忆里。大家知道，我说的是王蒙。不论有怎样的功过是非，王蒙伴随了新中国文学的历程。最近，八十岁的王蒙发现了自己四十年前的一部手稿《这边风景》，那是他下放新疆期间写的，他在新疆待了 16 年。但他没有垮掉。王蒙与维吾尔族农民一起下地，同室而眠，学会了一口流利的维吾尔语，进而喜欢他们的文化。从衣食住行到宗教仪式，从语言表达到情感诉求，在《这边风景》里，王蒙有声有色地表达了维吾尔族人原生态的生存方式，以及积淀在民族性格当中的精神质地。王蒙说："我永远想念新疆，是她在最困难的时候给了我快乐和安慰，在最匮乏的时候给了我丰富和享受，在最软弱的时候给了我粗犷和坚强，在最迷茫的时候给了我永远的乐观和力量。"

从文学角度分析这部手稿的价值，它独创了一种"带有手抓羊肉、葡萄干和烤馕味"的汉语。没有那个时代的"三突出"，却有着丰富的生活性，人物有血有肉，即使写斗争，也有一种美感，有自己的诗学。

这是王蒙别样的"致青春"，只要心中有激情，青春是可以长久的。

要保持这种青春的状态，必须强大我们的内心。人生会有很多挫折，而挫折就是资本。"文章憎命达"。太顺利反而出不了文章大家，还要学会耐得住寂寞和孤独。我七月初登了泰山，上泰山古人只有徒步登山。现在多了选择，因为有了索道。我们这一次是一步一步迈开双腿上山的。上午八点半出发，下午三点登上南天门。出了太多的汗，不停地喝水，吃青瓜，吃番茄，补充水分。开始是大家一起走的。一起有一起的好处，但少了独自享受风景的妙处。人生途中多的是孤单。孤独，也是一种考验。我忽然想体会孤独，便离开队伍，先在一条小溪旁坐下，洗了把脸，静静地待了一会儿。团友都走到前面去了。我按自己的节奏，走走停停，看到了自己想看的风景，还有石刻。沿路太多的石刻，大多没有意思，有些跟“某某到此一游”没啥区别。我记住了两块石刻的文字，一块是“登欢喜山”，一块是“问心朝山”。问心，登山是一个心理过程；朝山，登山是一个朝拜的仪式。朝拜什么？不同的人朝拜的都不一样。皇帝们把泰山封为神山，是要显示“君权神授”的合法性。孔子“登泰山而小天下”，爬山也在想天下事。杜甫“会当凌绝顶，一览众山小”，胸怀、气度高于一般的文人。山顶有孔庙，联语曰：“泰山是山中孔子，孔子是人中泰山。”这是我向往的理想人格。

要强大内心，不可或缺的一条路径是：老老实实地学习传统。我们应当接续传统，向传统汲取精神资源。我们的传统里有一条“知行合一”。哲学大家牟宗三说：西方多智者，中国多圣贤。孔子就是“知行合一”的典范。他的智慧和人格是结合起来的，言论和行为没有割裂。传统文化包括佛教文化。佛教教义里有大智慧。“戒、定、慧”来对治“贪、嗔、痴”，说来简单几个字，那是要用一生来修持的。佛教有戒律，这是佛教有生命力的原因。

首届青创会倾注了我们很多人的心力。最重要的是，它表明一种态度：对于文艺年轻力量的看重。我认为最应该起到的作用是：点燃我们心中的激情，永远葆有对生活、对世界的激情。

青春不毕业！

2013 年 7 月 23 日于慈溪市委党校

大家都切切实实地干起来啊

——品读《秋斋论丛》[1]

去年《慈溪文丛》出版后,我们文联机关“近水楼台先得月”,每人得到了周老师赠的一个签名本。周老师在扉页端端正正写下一行字:文友周乃复恭署。当时拿到后,就想,真应该好好向周老师学习,越是有学问越谦逊。所以,我的《西皮散板》出来后,我签名赠书,总也很端正地署上名字,也学周老师的样子“恭署”。

周老师今年元旦写了一首《七九自勉》诗,配上照片,做成一枚书签送给我,上面印有电话号码,还有QQ号。我一直觉得,周老师年纪比我大许多,是我的长辈,可是在思维方式、精神状态上,他一点也不老,甚至比我还年轻。

周老师的视野非常开阔。他研究地方文化,不局限于地方,而将地方文化置于更大的背景下思考。他说:“我们不可以坐井观天,应拓宽视野,做到‘思接千载,视通万里’,将一地的文化现象放到它的上位文化如吴越文化、中华文化乃至东亚文化、全人类文化的背景中来考察。只有这样,才能辨别一地文化的特质

[1] 周乃复:《秋斋论丛》(上下册),西安地图出版社,2013。

和地位。”（《秋斋论丛》编后记）这个观点给我的启发很大，也给我们这些钟情于地方文化的人们带来了信心。小地方的文化研究同样有意义，有出息，关键看我们怎么研究。立足于地方，但不坐井观天，这是个正确的治学方法。

周老师思考问题与我们不一样，他是既长于“文”，又注重“理”；既有中国传统学养功底，又注重学习西方学术。要做到文理兼修是不容易的。周老师可以说是文理兼长的。周老师钻研过电子技术，在我看来已达到相当高的水平，他曾用示波管组装电视接收机，悉心研究设计电子琴。正因为有电子技术方面的基础，所以他很早就熟练运用计算机技术了，并且在中文文献数字化方面很有些成就。这些在我们这些年轻人看来高深莫测的学问，周老师却驾轻就熟。我们还看到了他的《关于现代逻辑在方志编纂中的应用问题》这样的文章。周老师成功地将自然科学与人文科学打通了，并且应用到了区域文化研究中。“文化生态学”是我读了周老师的文章才知道一些的，是美国文化人类学家斯图尔德倡导建立的，结合了人文科学和自然科学的研究成果。周老师将它应用于地方文化的研究。特别可贵的是，在这种应用中，他独立思考，对文化生态系统的研究进行了丰富和发展。周老师认为文化生态系统研究的结构模式还是把文化生态简单化了。文化生态学是在生物生态学的启发下建立起来的。周老师认为，从生物生态学来看，一个生物物种，除自然环境是它的生态环境以外，其他物种的生存状态同样是它必要的环境条件。在文化生态系统中，各文化类型之间同样存在着互为环境条件的情况。据此，周老师提出了文化生态系统新的结构模式，他说："我将这个（目前流行）的结构模式作了一些改动，将文化生态分成外生态（外环境）和内生态（内环境）两个部分。外生态是指自然环境、经济环境和社会制度环境三项；内生态则是指文化内部的主流文化、精英文化和大众文化三个方面。"（《鄞州与慈溪：不同地理环境下的文化发展态势》）周老师用这个结构模式的理论，考察分析了鄞州、慈溪两地文化发展态势。这样的研究，实在太宝贵了。读后，思想上有一种豁然开朗的感觉，我如同从崎岖小路走来，忽然登上了一片高地，眼前云雾尽散，山水尽收眼底。尤其是对于慈溪文化特点的分析，真是高妙。清末民初，中国进入了近代化转型时期，慈溪社会长期积累的优势立即爆发出来，出现了虞洽卿、吴锦堂这样不拘一格的"现代陶朱"，而且随着教会学校和现代学堂的兴起，出现了一批现代学人。包括推动中国民族航运事业极大发展的虞洽卿，近代中国在日商业成就最高的华侨领袖吴锦堂，推动中国教育实践创新的林汉达，中国第一位马克思主义教育理论家杨贤江，中国现代园艺学的主要奠基人吴耕民，中国现代工艺图案教育的奠基人与理论体系开创者陈之佛等，都成为某一领域的革新人物，而且，他们大多出身于下层社会，真正是天公不拘一格所降的人才，呈现了一幅人才垂直流动的极妙的景观。读到这里，我心里只有叹服，在旁边写下两字：妙极！

周老师在文化研究中的高妙之处，首先在于其思维方式的独特。这种思维方式，可以用八个字来概括：融合中西，交通文理。正由于周老师做到了“融合”和“交通”，突破了局限，善于借鉴各专业学科的理念、材料和方法，才做到视野开阔，举重若轻，思想活跃，新见迭出。他有着中国传统文人的“夫子”之风，又有着“学人”的现代视野和科学思维。

周老师还致力于扎扎实实做个案研究。在《秋斋论丛》编后记中，周老师对我市近年来年轻人从事地域文化研究给予热忱的嘉许，“对一人一事一地一物的个案研究，在某一点上深耕细作”，周老师十分赞赏，“不嫌琐碎，不烦奔波，在别人不注意的地方，发掘出看似零碎实际上却十分重要的资料，比那些了无新意、粗制滥造的所谓专著要突出得多。”老老实实做细致的个案研究，是我们始终要坚持和倡导的。

我还要感谢周老师对于后学的热忱的发自内心的鼓励、提携和帮助。周老师是慈溪市作协的老主席，一直关注着我市作者特别是年轻人的创作。我们总感觉，他像一位仁厚的父亲，微笑着看着我们，他的目光让我们感到温暖，给我们前行的力量。

二十年前我读到周老师为《慈溪风物》一书写的代序，这篇文章让我对家乡的文化开始有了了解。这是少有的能让我多年不忘的好文，除了知识宽博，还有严谨和磅礴。严谨，论述中内在的逻辑性非常强，体现学者涵养；磅礴，语言有气势、有嚼劲，彰显作家风范。我是在周老师的文字里开始感受慈溪文化的魅力的。周老师在《寻绎慈溪文化之源流》后记里有一段话：“我多么希望掌握了全面地方史料的方志界的朋友们，大家都切切实实地干起来啊。到那时，大批高质量的论文将源源涌现，我的这块粗糙的砖头，就可以丢进废纸站了。我期待着这好日子的早日来临。”周老师总是这么谦逊，总是这么热诚地期待年轻人进步。我们今天这样坐在一起，如果能从周老师身上学到一点精神，对于我们的学业都是大有益处的。

让我们大家都切切实实地干起来啊！

2013 年 8 月 22 日于慈溪

2014

听　潮　集

陌生的小说[1]

—— 张寒及其小说印象

这是一种陌生的小说。

有人说，像散文。是啊，像散文，没一般小说那样以故事取胜，人物在故事里成长。这小说，有一搭没一搭的，以前没见过。

但我就是喜欢。喜欢这样一种速度。就像渭河两岸村落里的炊烟，慢慢的，静静的，悠然的。

小说《看着父亲牵羊过渭河》讲了一个很简单的事，要用一句话说就是：辉子父亲牵着一头羊过渭河去走亲戚。当然这亲戚有点特别，辉子是父亲抱养的，这亲戚就是辉子亲爹亲娘。辉子三哥病了，这段时间养病，父亲把羊送过去，让辉子三哥喝些羊奶早些好起来。一路走过去，西崆峒 — 南照 — 韩坎 — 渭河，一路上遇见了会萍嫂、十四爷、水果店二叔、关牛妈、麦歌姐 …… 每一次的对话几乎都是这样：

“大叔，你这是把羊给哪儿牵？羊生病了？”

---

[1] 本文原载《十月》2014 年第 2 期。该期“小说新干线”栏目刊有张寒小说三题《看着父亲牵羊过渭河》《跟你商量个事儿》《到底钻哪儿去了》及创作谈《独行者并不孤单》。

"他嫂子,羊没病。我想把羊牵到终南去。辉子他三哥病了,刚出院,这阵子在家休养着。我想把这羊送过去,让娃喝些羊奶,身体好恢复得快些!"

"噢。羊奶好!只是这…… 等你过了渭河都到啥时候了!"

"不急。慢慢走,其实也快着呢。等过了渭河就快了!"

每次都是这几句。可就在这般看似平淡的叙述中,渭河岸边西北农村的风土人情,淳朴民风,生民的艰辛,对外面世界的向往,西北农村人们的生存境遇等,通过父亲的感叹,通过父亲内心的意识流叙述,活现于读者眼前。

哎,会萍的二小子报国这娃,你讲什么哥们义气,你咋能捅人家一刀,放着好好的日子不过,弄的啥事嘛!李家二哥去世也有五年了吧。怎么那么想不开,干嘛非要用那剃刀割自己的脖子。你非要把娃嫁给尼安村那人家,到底是咋回事?英文媳妇素华不知现在咋样,一年多了一直没见她进教堂,听她说以后不再进教堂了,说是天主亏待她。哎,在家有在家的苦处,出门有出门的难处…… 真是不经意间写尽春秋。

这还不是最特别的。更特别的是,整个小说是在远在四千里外的"我"(辉子)的注视下行进的。父亲在老家的黄土地上牵着羊行走,遇见了谁,说了啥,"我"似乎都在场。父亲牵挂着在南方的儿子,父亲和羊遇见的每一个人也都牵挂着南方的"我"。而再读下来,觉得是因为南方的"我"在牵挂着北方老家,牵挂着父亲母亲,牵挂着父亲和羊,牵挂着周围村庄的乡亲,所以,"我"才能够看到四千里外父亲怎样一步一步牵着羊过渭河去，怎样和乡亲搭话，怎样感叹，怎样意识流。

—— 这可能是这个小说最独特的地方，也是这个在渭河边出生、长大，如今在南方谋生的张寒写作的一个“母题”。张寒自己称之为“坐南望北”。身在南方，静下来就想念北方老家，想念老家的亲人。那是怎样让人亲切的地方，又有着怎样让人亲切的人。他们都好吗？爹娘都老了，养父养母也老了。自己小时候，没让父母少操心。读初中时，放学后和几个同学一起去鱼塘耍水，父亲左等右等不见儿子回家，忙往河滩找去。那天晚上，父亲让儿子跪在地上，头顶了一个多小时板凳，又写了保证，父亲才饶了他。哎，二十多年了，父亲想起来自个儿笑了，“我”也自个儿笑了。也是二十年前，“我”的生父那时候火气病正患得厉害，一天天刚亮，父亲打开门，就看见生父蹲在门口。问他啥时候来的，他说老早就来了；问他怎么来的，他说他走来的；问他和谁来的，他说一个人来的；问他家里人知道不，他说家里人不知道；问他啥时候开始走的，他说半夜里开始走的；问他顺着哪条路走来的，他说他先从马蓬村走到终南镇上，再一直往西走到周至县城，再向北过渭河上的八号大桥，顺着渭河的沙梁往东一路走过来的。这哪里是半夜走的，这简直是不停脚地走了一个晚上啊！最后问他，你这么急急忙忙赶过来，是有啥急事？他说，我想看看娃，就想看看辉子。他神经都错乱了，竟然还记得辉子。那一次，生父朝着这边走，今天养父朝着生父的方向走。一条路，牵着两家人，也牵着游子。这是一条怎样的路啊！深深吸一口气，就能闻到有点发呛的泥土气息。那是怎样的思乡曲啊！不高亢，不激越，只是如渭河边上村落的炊烟，缓慢，安静，悠长。甚至第一遍读来，你根本觉不出，它是思乡曲。

第一次读张寒，是他的一组散文，写亲人的。我被他黄土地一样质朴的情感击中了。急着要见他，约他喝酒。他显老，我甚至觉得比我还老。我称他寒兄，他叫我方兄。平时我们很少见面。读到好的文章，他总要发给我，说我可能会喜欢。起先，他的带关中腔的普通话，我听起来有点吃力，不如他的文字干净。他的文字非常干净，又有着他自己的风格，这种风格自然是带关中味的。

顺便说几句张寒的散文。张寒的散文也多是“坐南望北”的题材，写法比较“正”。而小说却是这种有点“奇”的写法，散散的，有一搭没一搭的，却一层层进到内心里，直至最柔软的部分。这是一种很有表现力的写法，就像一位功夫了得的太极拳师，看他柔柔地出拳，平缓地呼吸，却很结实，以一当十是也。我一直在寻找它的出处。他说他读中学时就喜欢读萧红，最早的阅读经验对自己影响很大。还有马尔克斯、博尔赫斯。或许还吸收了民间故事的叙述方式。或许根本就是张寒的独创。一个陌生的张寒，带给我们陌生的小说。

2014 年 1 月 15 日晚起稿

2014 年 1 月 20 日改定

书生·良知

——胡洪军先生其人其书

我手头有厚厚一沓书，是胡洪军老师著或校注的，《雁过无痕》《虞世南诗文集》《薝簃诗草》《五磊寺志》《溪上文钞》等。准备《五磊门外探佛源》讲稿时，我细读了《五磊寺志》校注本，老先生在前言、后记以及密密麻麻的校注里所体现的学问和治学精神，令后辈折服。2013年初，我的散文集《西皮散板》印出后，打算送一本去请老先生指教。不料，二月的一个冷天，传来先生驾鹤西去的消息。书未送出，他却走了。我在寒风里，循着路牌，走向天香桥。他就住在这个村子里，他常喜欢在文末署上“天香里老屋”。

最近读了胡洪军老师的女公子所写的《我的父亲》长文，对先生一生有了更多的了解。我眼前时常出现一位瘦弱老人一步一个脚印在地方文化土壤里辛勤耕耘的形象。

他是个有骨气的书生。十八岁，正是青春飞扬的年龄，他多想凭借自己的学识为国家做点事情，却因为文字被错划“右派”，刚起航的人生之舟驶入了茫茫黑夜。二十多年黄金岁月在压抑中挨过来。但他终究没有被击垮，也没有因为受打击而放弃独立思考。在“批海瑞”的狂潮中，他又提笔写出自己的观点。他坚守着一个书生的良知。

他做学问很较真。《虞世南诗文集》校注稿，是老人一笔一画用毛笔抄写的，厚厚的一大叠，交出版社前我翻过。后来出版社把这本书列入“浙江文丛”，是我们没想到的，显然是校注质量好，让编辑们做出了这样的决定。《雁过无痕》书后有一张勘误表，是先生亲手刻蜡纸油印的，连一个标点都不放过。在这样一个追求速度、追求实用的年代，他埋首于故纸堆里，孜孜于那些“无用”古书的校注，并且聚沙成塔积累了那么多成果，他值得我们敬重。

他对地方文化感情深厚。退休了，早已过了做梦的年龄，但是，正如他自己说的，不变的东西还是有的，那就是心中对这方土地的挚爱，“爱这方土地上往昔光照简册的先哲乡贤，爱这方土地上今朝举旗弄潮的志士豪杰”。这是一位受到过不公正遭遇的老书生对于这片土地的真情。

记得《雁过无痕》后记里的最后一句话：集名“取泰戈尔诗句之意：天空虽然没留下什么痕迹，但是确实曾经有一只病雁在这里吃力地飞过”。我却觉得，因为这几本书，因为为人、为学、为文的精神，他给我们留下了很多。

2014 年 1 月 18 日

编刊物是在完成自己

——关于文艺内刊的感想

慈溪文艺内刊，不说蔚为大观，也可说小成气候了。《梨风》《杜湖》《达蓬山》《十里长街》《七星桥》《海地》《长河》，镇级文联有七种刊物；市级文艺家协会有三种：《大塘河》《慈溪书法》《慈溪演唱》。此外，《海塘晨钟》《上林湖》正在筹备中。

但也存在一些问题，内刊质量有待提升，从“里”（内容）到“表”（装帧设计），都有一个提高品位的问题。有个别出刊不太正常，形成风格有待时日。

文艺内刊肩负培养本地作者、留住文化记忆、引领阅读品位、提升本土文化的责任。以下四个问题，需要引起具体负责编辑刊物的同仁们的思考和重视。

一、组稿还是等稿

要有整体思路，要组织稿子，发掘稿源。每一期推出一组重点稿子，策划、组织、约请重点作者写出有分量的稿子。大家开始有了这方面的意识。今年第1期《十里长街》推出作者孙明华的一组散文，配发人物照片和简介；2013年春夏号《梨风》推出作者胡柏洪、熊雪青的各一组文章，都是好的做法。

这方面用力最深的是《慈溪书法》。2013 年两期，都策划了好的主题，一个是“弘一法师与慈溪”，一个是“虞世南”。关于出土古墓砖尤其是虞氏古墓砖的研究，对于书法流变、虞氏宗族变迁的研究，都是填补空白的成果。胡迪军等关于弘一法师在慈溪游踪的探寻，虞世南的研究，越窑青瓷墓志刻字研究，都有独到之处。

约请名家写稿子，也是可以尝试的。这方面《杜湖》做得很成功。宁波《文学港》去年下半年开始约一些名家的稿子，看来效果是好的。每期要有一篇好文章。《瓯江潮》是温州电厂文联办的刊物，我会留起来，因为里面会有好文章。我印象中有一篇是怀念盛子潮老师的文章；还有一篇是邹汉明写的《唐湜的微笑》。这种好文章，有些具历史价值，有些既具当下性，又有历史性。

二、向深层挖掘形成特色栏目

《梨风》创刊于2003年，十多年了，逐渐形成了自己的风格。“周巷人写天下，天下人写周巷”。栏目相对固定。

《大塘河》也有自己的风格，民间艺术气息浓厚。有“民俗风情”“故事传说”“民间情怀”等主栏目，还有一个“会员风采”栏目，很有特色。

《达蓬山》的“慈东旅痕”栏目，探源慈东历史文化。《七星桥》的“客星长垂”，刊乡贤人物事迹；“航渡渔舟”，溯源地方文史。

都很有特色。

《浣纱》，是诸暨文联办的文艺刊物，每期有一个“特别策划”（专题），有一期是“被遗忘的大儒”。这样的专题，不仅有深度、有分量、还有突破性、现实感。各地都要寻找自己的特色。桥头，余秋雨出发的地方。龙山，有巨商虞洽卿，可以往深里挖掘。以及诗人袁可嘉对于中国改革开放新时期文学意味着什么，或者先小一些，先探究袁可嘉与故乡崇寿，可以做深度专题。

三、题目相当要紧

有时，一个好词、好的句子，的确会有神奇的力量。我听到过这样一个事例，说是在地铁口，有一位盲人在乞讨，面前放了一块小牌子，写着“我看不见”之类的话。很少有人停下来注意他，施舍的人更少。一位诗人路过，在这话前面加了几个字：“春天来了，可是（我看不见）”，很多人为这句话而驻足。有人在那儿感慨，甚至为这位看不见风景的人唏嘘不已。这就是语言的魅力。

2013 年中国美院学生毕业，毕业典礼上有一块很大的背景板，上面的大字是：青春不毕业！后来，我们慈溪文艺青创会的集子，用了这五个字做了书名。

好标题的标准是什么？需简洁明快，让读者“一目了然”。需高度概括，“以一当十”。需含意深刻、意味深长，让读者“一唱三叹”。

四、要为读者着想

卷首语可以请名家写,《杜湖》的卷首语是一篇篇相对独立的美文。《梨风》《海地》的卷首语颇费了一番心思。《达蓬山》和《慈溪书法》的卷首语是导读。

目录要清晰,最好是翻开连着的两页,不要让读者再翻过来。而且这种风格要相对稳定,辨识度高。

装帧要古朴(古雅)、简洁(雅洁)、清爽(清雅),图片少而精,注意视觉效果。尽量少一些“下接第几页”,转得找不到了,阅读的愉悦感被冲走了。

结语

办好一个刊物,贵在坚持。工夫在诗外,工夫在平时。办刊物也算是文化的事情,归根到底是自己的事情。有一个镇具体负责编镇志的同志,抱怨镇里领导调动频繁,对这类务虚工作不重视,结果匆匆完工,错误不少。我当时就觉得,这种态度最终是对自己的不负责。作家郭文斌说,做每一件事情,都是在完成生命的每一个细节。文化的事情,更是如此。不要小看了薄薄的一本刊物。我们值得为此而努力,夙兴夜寐,不遗余力。

2014 年 4 月 24 日

一脉斯文

——《龙山、掌起、观海卫三镇书画作品集》序

龙山、掌起、观海卫三镇书画同仁欲联合办一个展览，要我写几句话。我即想到“斯文”二字。这一带称为“斯文之地”，应当是不为过的。单举出虞世南、梅调鼎等先贤的大名，足以让三镇的书画传习者自豪不已。我还想到另一个光耀千秋的名字：黄震。我在此多费些笔墨说说这位南宋大儒。

黄震，字东发，南宋嘉定六年（公元1213年）出生于庆元府慈溪县鸣鹤乡古窑（今掌起镇洋山黄家村），为人清介自守，终身以节义自励，曾因直言当时大弊为民穷、财匮兵弱及士大夫无耻，被贬官三级。他兢兢业业当了十七年南宋的官，到头来，改朝换代了。他是有气节的人，既然南宋没了，这官当到头了，还是归去吧。按清代史学大家全祖望的说法，东发先生的归隐之地，在今龙山镇田央。东发先生将隐居的地方称作“泽山行馆”，其室为“归来之庐”，在那里专心整理自己的著作。他的哲学思想以朱熹为宗，但又不守门户，自有创见，倡导求实致用，纠时弊、重躬行，力纠朱学末流的空疏之弊，开创了“东发学派”。他被今世学者尊为十三世纪后期中国思想史上的代表人物。

我曾写过一篇关于哲学思想与地方风气之关系的文章。我不知道是浙东的土地影响了智者的思想，还是智者的思想影响了这片土地。也许这两种影响都有。但是，今天这片土地上的人们并没有意识到我们受了谁的思想的影响。有人说，智者的思想在人们中间就像一把盐撒到水里,溶化了,看不见了。但是,总有那么一点儿咸味在。黄震对于我们,也是如此。

按文献的说法，东发先生“归葬鸣鹤乡”。一个确实的证据是，1975 年在杜湖畔西埠头村出土了黄震的墓志铭，让我们对于东发先生归葬之地有了新的物证。

写到这里，读者诸君已经发现，我们的这位先哲，与我们今天所说的三镇都颇有缘分：出生地在今掌起镇洋山黄家村,晚年隐居今龙山镇田央“泽山行馆”，其墓志铭则出土于今观海卫镇鸣鹤杜湖畔。看来，且不说三地地缘相近、人缘相亲，单说三地“一脉斯文”,为此而举办这样一个书画联展,也是极有意义的。

现在的掌起镇黄家村有一座古卧床桥，相传为黄震幼时读书之处。东西桥门分别镌有联语：

地接渭川是名贤故里,堤连上闸沔古浦清流。

看烟景波光不殊往昔,想流风余韵直至于今。

诵此联,唯愿斯文长续。

甲午年春月于半亩方塘

抵达内心：读白桦“童年”摄影展

摄影，本来是用眼睛看的。我用了一个“读”字。我觉得好的摄影作品是应该读的，体会照片以外的东西。

有人列举了好照片的几个境界：叙事的照片，美丽的照片，摄影师的照片，动人的照片，历史的照片（经典）。我最早喜欢看美丽的照片，明信片的风景，集起来，觉得很美。但看多了觉得意思不大。后来慢慢喜欢看有内容的，能勾起回忆的，最好是打动自己的。白桦的很多照片是有内容的，是能勾起回忆的，也有打动人心的。白桦兄一直是一个爱玩的人，小时候应该是贪玩的孩子。所以他即使一把年纪了，看见小孩在地上“打弹子”（摄于安徽歙县唐模镇），还觉得特别亲切。看见门板搭起来做成简陋的乒乓球台（摄于江西乐安流坑村），很有感觉。一幅《童年的记忆》（摄于慈溪湖东村）可能是这类照片的代表，老屋的斑驳老墙，装了一只可以投的篮，过过瘾，解解馋。这是当下孩童生活的写照，也是某种记忆。我更喜欢他在四川、贵州拍的一些照片，《姐弟》（摄于贵州三都水族自治县）、《哥仨》（摄于四川布拖火烈乡）、《割猪草的孩子》（摄于四川布拖火烈乡），前两幅照片突出孩子的眼神，后一幅两个小孩背了两只很大的竹筐，正好两人右脚同时抬起来，露着两只光脚丫。照片传达出很多信息，除了手足情深，更多的是苦涩、艰辛，可能还有拍摄者心中的无奈。家门口也可以拍出这样动人的好片子，比如作者在城东新村拍到的一张照片：一家水果摊前，夜幕降临了，生意清淡，一盏节能灯下，摆摊的母亲听儿子吹箫，题目叫《知音》。白桦兄是很敏感的，很关注某些社会现象。他有一幅《小候鸟》（摄于山西太原），关注农民工的孩子，这些孩子与在外打工的父母天各一方，放暑假、寒假了才可以像候鸟一样飞到父母身边，中国有多少这样缺了父母陪伴的孩子啊。这个时候，我不再关注画面是否美，我关注的是作者在思考什么，在担忧什么。

我感觉，白桦兄在关注人的生活状态。这便是我们常说的“人文”。人文，就是要表现人的本质特征，包括生存状态、精神追求、风土人情、历史文化。而当民俗和人文结合到一起的时候，这个片子就特别出彩，特别动人。这也是我特别喜欢《放学了》（摄于贵州雷山，四个小姑娘背着书包放学回家的背影，背景是充满苗乡特色的街道）和《火塘边》（摄于贵州江口太平寨，小孩张开小手，头上戴着有银子装饰的帽子，屋子里挂着腊肉）的原因，这两幅照片也得到了许多专家的欣赏。有一次听白桦兄聊，他有意识地在做一些专题，这是非常好的。除了“童年”专题，他还做了“小本生意”等一些带着浓厚人文关怀的专题。

我有时在想，摄影的精髓在哪里？激情、技巧、勤奋都有了，还要什么？可能是想法。而这个不是短时期修成的，需要长期的积累和各方面修养的提升，其中文学修养非常重要。可能跟家学有关，白桦兄弟俩都是好读书之人。白桦在一次摄影培训交流中的观点，说出了摄影的要诀：摄影就是脑袋指挥手指的过程，七分思想三分拍摄。

最近白桦博客里有一篇小文章，题目是《零公里》，每天把自己处于零公里，才会不断地走新的道路。祝愿白桦兄不断走出新的道路。

2014 年 7 月 31 日

你的眸光会使湖水心疼

——再致诗人沈建基

老沈：

我读你新写的新疆组诗,我读出了新的感受。

我说不出个道道来，就是觉得你真会造意象。你造出的意象很美。“绿草地上呼朗巴的白毡房”“一朵被岁月遗忘的蘑菇”“一炷孤独的炊烟”，还有“博格达的满头白发在月下闪烁”，多美。

你写美丽的姑娘阿依古丽,这是美的极致了,但又很节制。

夕阳走了,大漠之西的高地
晚风只为你一个人吹
衣饰叮当　柔柔的绿

一如星辰透过杨树叶子
闪烁着眼睛悄悄对我说:
明天,河谷里的薰衣草
将会全部绽放

说那话时　你的微笑

真像戈壁之夜那弯神秘的月亮

我只看见热瓦甫在弹唱

绿色的裙裾旋转

月亮纤巧　耳坠晃动

一颗露珠擦亮高原一道靓色

今夜,你那浅浅一笑的回眸

足够小城在细雨黄昏里回忆

(《阿依古丽》)

你是一个旅人。旅人总是要怀乡的。好多诗,你是在思念故乡,思念白发亲娘。所以,常会有这样的诗:

一朵云就是一场雪　一场又一场

雪线一公里一公里逼近篷帐

——我想起母亲的白头发

秋阳明亮　打草人长镰闪动

嚓啦嚓啦撸出一坡秋的空旷

黄昏,老黄牛拖动一架牧草

吃力地爬着一道坡又一道坡
雪峰点燃夕阳　天空蓝得深沉
—— 我想起母亲的白头发

起风了　吹动一山阴郁
一架马车的影子走下山梁
缓缓地缓缓地在夕光里移动

身后的雪线渐行渐远
黝暗的山坡亮起一豆灯光
—— 我想起母亲的白头发
(《我想起母亲的白头发》)

白话诗也有节奏,内在的节奏。我读出了你的节奏。有时候,你的诗是一种神来之思。听《神的处所》的两节:

小野菊,昨夜的星辰
散落湖边久久等待
你的眸光会使湖水心疼

一尾疲惫的鱼正在回家 ——
谁也不知道它是欢喜还是忧伤

你是一位思想者。《此山铿锵》写的是伊新公路侧的黑山头所见。

此山铿锵　我说的是骨骼
已风干成铸铁　峥嵘着
守望戈壁黄昏

无人上山　也无人下山
大海,已是记忆遥远的事
谁也休想从它身上找出一痕绿斑

接着笔锋一转,你说,你看见了墓碑:

国道沿着山脚在追赶落日
留下几块潜伏的水泥墓碑
望着路的背影　渐行渐远

墓中人开始清点他的骨头
我已无法分辨
一座山和墓碑的区别

一座山便是一座墓碑。一座山是更长久的墓碑。我想到了我在散文《子陵风》里的话。我说,我寻不到严子陵的墓,甚至找不到半块残碑,也无妨,整个客星山不就是严子陵先生的墓吗?

忘了是谁说的:只有假的诗,没有假的山歌。这是有道理的。因为,很多人写诗是为了发表,但山歌不是为了发表。沈建基先生当年因家庭成分影响受到不公的待遇而逃离,浪迹天涯,养蜂为生,夜深人静时记下的文字,是一个苦闷人的心灵独白,片言只语记在小片的纸头里,大概不会想着要发表在哪个诗刊上。因此,这些文字与诗的本质更接近。

我肯定沈先生你是受了新诗的影响的。但我更觉得你是受了民歌的影响的。清新,活泼泼,沾着泥土和露珠的气息。语言浅显平实,却造出了独特的意象,你用敏锐的感觉、真挚朴实的情感和独特的人生经历,成就了属于你自己的独特的诗的境界。

沈先生的诗,有些写得老实了点。可以再变化些,多些悖论,多些陌生感。比如你的《白风车》,我特别喜欢。

戈壁辽远　白风车的方阵
翅叶缓缓拨动着时间
每个齿轮与时空啮合

天空很蓝　跟着转动
给过路的列车以安慰
也许,以为列车比它更孤独

路过的列车放慢了脚步

面向雪山留下一声长长的鸣笛——
一朵云没有变鱼　石头也没有开花

车窗外，达坂城的风
刮着达坂城的石头
——我想起了奶奶的旧纺车

你看，“翅叶缓缓拨动着时间／每个齿轮与时空啮合”，独特，新鲜。“天空很蓝　跟着转动／给过路的列车以安慰／也许，以为列车比它更孤独”，有新意。接着更有陌生感：“一朵云没有变鱼　石头也没有开花”。

你的诗充满温情和人文关怀。读着感觉温暖。哪天要喝酒，要念一首你的诗，就念《与子同袍——致博乐农五师支先锋》。

干杯！

向明

2014年11月23日于家中

思想的芦苇竖起风向标

——《慈溪艺丛》[1] 总序

有人说,艺术之于社会文化的作用,正如湿地有助于调节区域小气候。艺术是否有如此功效,我不敢妄说。

但这么说肯定是对的:艺术本身需要一块湿地。

湿地的特点之一便是生物多样性。多样性也是艺术所需要的。在这里,有各个门类、各种风格、各种流派的共生,还有交流,平等、自由的交流。这是一个自由发展的空间。这里有古今或中西的融合,泼彩、水彩技法可以出现在中国传统画家的作品里,西画也可以取法写意精神。莫奈、毕加索与我们老祖宗的大写意,在精神上本来就有相通的东西。

湿地生物是极富生命力的。既非人工栽培,亦非奉命成长,而受着内在生命力量的驱使。他或她可以不是科班,不是学院派,但草根的生命一样活泼灿烂。民间收藏早已成为这个地方的奇特景观:是商业行为,却深植于艺术的土壤;是艺术行为,却一样叱咤于风云商界。博物馆、美术馆等艺术的殿堂里经常

[1] 慈溪市文学艺术联合会编《慈溪艺丛》(包括《溪上书家》《溪上画家》《溪上摄影家》),中国美术学院出版社,2015。

有我们这些藏家的藏品闪亮登场。收藏是一个过程，涵养着艺术眼光，眼光又反过来提升着收藏事业。

这是一个崇尚基本功的地方。一些“苦行僧”的成长之路本身即一种示范，一种说服力。人物、山水、花鸟，隶草行楷，皆有传承。重综合素养、国学修为，不断把底子打实打深，成为一种风尚。

这里有风向的引领，思想的芦苇竖起了一杆杆风向标。做有思想的摄影，做有坚持的摄影，做有分量的摄影。积蓄了能量的生命必定会有绽放的时刻。

这里充满活力，一个个“个人”的活力和组织的活力，年轻力量不断涌现，创新成为他们的永恒追求。2014 年中青年书画作品整体亮相宁波美术馆，便是这种种活力的一次呈现。

写到这里，忽然感觉开头的话也是有道理的。艺术，某种程度上是可以影响区域小气候的。以志愿者的身份坚持数年，为这个地方数以万计的金婚老人定格一个个动人的生命瞬间，是可以温暖数以万计甚至十万、几十万家庭的。好多年了，伴着传统佳节飞入平常人家的一幅幅“福”字，带去的除了祝福，还有艺术的温度。

这是一个个“个人”的单行本，艺术创作毕竟是一种个人行为；但更是“集结号”，是书法、美术、摄影集体力量的呈示，也可以说是湿地生物多样性的精彩呈现。

本辑《慈溪艺丛》选取了 16 位中国书协会员、14 位省级以上美协会员、14 位中国摄协会员的作品，从一个侧面反映了当下慈溪书法、美术、摄影创作的大体水准和趋向。但也有遗珠之憾，一些优秀艺术家的作品未能入选，尤其是不少成长型的年轻作者，因为经历的原因而未能加入，委实令人惋惜。好在这是一种尝试、一个开头，而艺术的事业是长久的。

让我们继续同行，一起确认来路和远方。

是为序。

2014 年 12 月写于溪上

2015

听　潮　集

《山水清音：房企遐中国画新作选》[1] 序

画前面放一篇所谓序，其实是大可不必的。懂行的只需看画，便掂得出分量，洞悉画家的追求。况且让一个不懂行的人写序，更是多余。但企遐君的认真感动了我，我只得认真地说些外行话。

为了体会企遐君画作的精妙，我特地去他的画室看原作。进得画室，便有一股咖啡的醇香。他画画时喜欢泡一杯咖啡，还要有音乐。企遐君深受中国传统文化熏染，然不迷信教条，不愿受金科玉律的桎梏，心很大，很开阔，很灵活。单说他和他的画"中西合璧"，恐有点简单化了。

说起他画画的经历，最先似乎是受了父命。四十多年前，父亲让他学画，是出于生计的考虑。他画肖像画，在素描上下过功夫，还学过水彩、油画，也画过图案。之所以后来更多地画山水，大抵是受了陆一飞先生的影响。当年他在沪上拜访了祖籍慈溪的画家陆一飞先生。陆先生对他说，画山水最快乐，学过山水画，你就不想画别的了。也许是陆先生的话起了作用，也许他自己

[1] 房企遐：《山水清音：房企遐中国画新作选》，中国文联出版社，2015。

也体会到了山水画的魅力，从此便沉醉于山水，并不断开出了新面貌。说到恩师陆先生，企遐君心中敬意油然而生。让企遐印象更深的是陆先生的另一番话。有一次，先生见了企遐的画，说了句：“太像了。”言外之意是，你可以学我，但更要有自己；或者是，你学我，还要超越我。随后，陆先生还说：“不过我也要努力不让你们超越，我们竞争。”陆先生是那么谦逊，又以自己的勤奋为学生做着榜样。

自从与山水画结缘，企遐君的创造力便一发不可收地出来了。古人说，读万卷书，行万里路。企遐的想法是，更要行万里路。书里记录的都是别人的感受，别人的感受替代不了自己的感受。必须走出去，到大自然去，到生活中去。否则当你面对真山真水，往往会无从下笔，束手无策。于是，企遐的心随着他的足迹抵达了祖国的大江南北，名山大川。这在他的自序《快乐山水》里，我们可以充分感受到他“乐山乐水”的丰沛情感。我在他的画室里看到了1992年10月“长江之行”速写本。长江轮船10月12日从上海出发，一星期后抵达重庆，“长江之行”速写是他在这六七天里，坐在长江轮船的船头，心摹手追画下的。随后的十多天里，他继续行走在重庆、自贡、大足、乐山、峨眉山、成都、内江、庐山、滕王阁……速写画了厚厚几大本。

企遐是一位喜欢冒险的画家。山水之路上，他一直在冒着险。要不断地吸收传统，这是毋庸置疑的，但是，他认为，必须寻求突破，如蚕吃桑叶，然后成茧，然后破出来。这是他的夫子自道。他还放言：传统是人创造的，一个个人创造的东西被认同而成了传统，不同时代的人必须不断地丰富它，不断创造新的传统。他语速很快，大概的意思应该是这样的。我说，现在的问题是，我们有时连传统都学不到十之一二。他坚持说，现在我们更缺乏的是自己的东西。国外有画家为自己的画“像某人”而感到痛苦，我们却一味地强调笔笔有根底，了无新意。——这又让我想起陆一飞先生的话：“太像了。”看来，教他冒险的正是他的先生。

看企遐君的画，往往会有惊喜，继而钦佩于画家的胆气。胆气真大，“城市山水”，那可是禁区，他冒险闯了。1999 年他自费去了欧洲，也许是因为感受到塞纳河的亲切和埃菲尔铁塔居高临下的气势，激起了这位东方人心底那种不可言说的思绪和惆怅，激起他心中蕴藏着的东方人的志气和张扬的艺术个性，在“出走”欧洲的同时，企遐君在创作之路上也毅然“出走”。随后的 2008 年，他画遍了世界几十个奥运城市。海南儋州，画家十多次登临，沿着苏东坡当年的足迹，画出了南国的真山真水。此前的“再现泰宁”和这一次的“再现儋州”，都是许多画家不敢轻易尝试的，他却冒险尝试了，并且有些意外地获得了成功，泰宁和儋州因为房企遐的画而更多地被知晓，浙江画家房企遐也更多地被了解。老画家孔仲起先生一直称自己是慈溪人，对企遐有一句评价：“遇险而脱险，精神脱险。”我理解孔先生的意思，这是一种冒险，但孔老师认同了小老乡的闯劲。

这一次的新作集《山水清音：房企遐中国画新作选》，基本是企遐君近年的新作。是又一次“冒犯”，没有框框，没有程式，风格更鲜明、更强烈。水墨画的散点透视、墨与笔的丰富张力和西画的色彩光感、画面的层次等，自然洒脱地结合在一起，加上他喜欢的动感，形成了他自己的风格。山水中有隐约的明暗，景物里有暗含的透视，结构中有藏不住的当代视野，所塑造的意境亦真亦幻。企遐仿佛不是用笔在画，而是用心去写，用情感去倾注。这令我想到了“心与物的融会”。艺术说到底是一种心灵的创造物，艺术家的高明正在于他们创造了世间本无、心中常有的那种美丽、优雅与高尚，即心与物的融会。企遐君的山水画，实实地带有他自己的特色，他是将全部的热爱与真诚都寄托于画幅之中，汹涌于心间的情感，在水墨间流动，在画纸上奔腾。

这是画家心中的山水。家乡的大滩涂，在夕阳的照耀下，无尽的波光向着无尽的海延伸。恢宏的大滩涂啊，一下子撞击了画家敏感的心。于是有了大幅的《几度夕阳红》，泥涂、芦苇、群鸟，尤其是美得让人心醉的夕阳。这一回撞击的是看画人的心。我惊叹于光的表现。企遐回忆起当年一位老画家的话：光是色之母。《烟花三月》醉人的红，铺天盖地的红，一定是画家被大自然感染之后以他的方式呈现于我们面前的。《天高任鸟飞》醉心的蓝，那是画家心中的梦幻。而《潮音》，令我们听到的是画家心中独有的海的声音。

“这些图景显得烟水迷离、云卷霞染，很有味道。中国传统水墨画的出路应该有很多条，房企遐先生以自己的努力提供了一种可能。”余秋雨先生的话，说得十分中肯。

那天在画室准备起身告辞的时候，我瞥见一沓厚厚的发黄的旧书模样的东西,做得极像书,封面题签“芥子园画谱”。细看,不是印刷品,是一笔一笔描出来的。企遐君说,这是他四十年前“复制”的。借来的书是要还的,只有花笨功夫照着画下来,待日后细细揣摩。他都是用7分钱一张的土皮纸画的,合起来订成一本,有十来本,《山石谱》《草虫花卉谱》《人物屋宇谱》《翎毛花卉谱》,还有《梅谱》《兰谱》《竹谱》《菊谱》等。翻开《山石谱》,上面的文字密密麻麻,“小斧劈法,本自刘松年、李唐,唐寅学之深得其奥”“折带皴法,倪云林用之”,还有“马远皴法”“徐熙皴法”“披麻斧劈法”等等。有一本里写着:“一九七四年冬始,至一九七五年春临完。”物资匮乏的年代,也许很多人都做过这样的“笨”事,却无意中练就了“童子功”。这个冒险的家伙,背后却有着并不冒险的一面。

乙未年春于半亩方塘

生活里熬出来的“盐”

—— 读阮万国散文集《盐霜》[1]

老阮自称盐民的后代。读了《盐霜》，尤其是读他写“木板晒盐”的老法生产场景后，我信了。“盐民们头顶烈日，身上套着拖刀，双手扶持框架，用石块压住拖刀的下端，赤足在白地场上缓步倒退，汗珠从额头滚下，鹾泥在拖刀上刨起，一趟一趟地来回……”（《盐：永存的光芒》）不是亲历亲见，这些文字是写不出来的。

生活是海水，这本书是海水里熬出来的。我喜欢书中“煮海熬盐”四个字。煮海，何等豪迈。一“熬”字，道尽人间艰辛。

老阮比我大十一岁。许多我没经历过的，他经历了。初中毕业回乡做地头，从半劳力到十分工，干了九年的农活，春播秋收，掘江修水利、筑塘围海涂，兑料浇田粉、挑柴拔花杆，拔草除虫、掏地掘沟，还落下了腿病。我似乎天生不是干农活的料，寒暑假里做过几天的农活，每次都因发生小情况而半途逃脱，夏日除草被晒得中暑，老农民叫我跳到墙河里才有所缓解；割稻，开始还谨记要领，镰刀口朝下，时间一长手不听使唤了，割破了手

[1] 阮万国：《盐霜》，长三角文丛第五辑，文汇出版社，2015。

指，至今左手无名指还留着个疤痕；挑料桶担拣小的木桶，半途中换肩膀怕人笑话，先让弟弟看看四周有没有人…… 老阮不一样，他比我辛苦，但他生活里有“盐”，有滋味。

他的文字里有哲理，这是我读了一些文章后的想法。这跟他善于思考有点关系。“海里人”一开始是余姚城里人对浒山人的称呼，因早先浒山近海涂。后来浒山设所建城，浒山人成了城里人，而那时的坎墩还处于海涂地带，以灶熬盐，就被浒山人称作“海里人”了。随着海岸线继续北移，坎墩不再与海为伴，部分产业离开了土地，慢慢形成十里长街，“三世修来住（居）街头”，崇寿人就变成“海里人”了。至于1946年七塘筑成，七塘以南不再吸纳潮水，盐场区划明确在七塘以北，盐业人生活在沿海地带，住简易草舍，久之崇寿人称这些盐舍里人为“海里人”了。这里体现的是相对论，还是辩证法，抑或沧桑变迁风水轮流？也许都有点。

因为生活在农村，对于民风习俗，阮“大人”可谓耳濡目染，心领神会，信手写来生动传神。比如催生，女儿临近分娩，娘家就会送婴儿穿的衣服和产妇吃的鸡蛋、面条、红糖等滋补品。催生习俗不但是父母对女儿顺利生产和母子平安的美好祝愿，而且也为女儿提供了物质准备。过去，一般催生时用毛竹扁担挑，一头是催生包袱，另一头是摇篮或者坐车。催生包袱里除了有婴儿穿的衣服，还有孕妇吃的营养品。书中有一个细节：把催生包袱的一头搁置在大眠床上，随后解开催生包袱，故意将里面的红蛋滚落下来，让预先约好跟进房内的小男孩过来拾走红蛋，预兆孕妇将会生一个男孩。

有生必有死。写了催生，也写了报丧。报丧人要赤脚穿草鞋，倒夹雨伞，报丧人走出门口的时候，主人要摔瓦片或碗盏。也有路途遥远的至亲，用书信报丧，这种书信也有特殊标记，信封角上用火烤一下，留下焦黄痕迹，投递人一看就知道是什么信，一般不会耽搁。

《黑光灯》一文我也很有感觉。现在的孩子是不知道“黑光灯”的。我有幸见过。二十世纪七十年代的棉花地里，夜幕降临，黑光灯次第亮起。它是人类的一个“小伎俩”，为了保证棉花开的花不被棉铃虫吃掉，想出利用“飞蛾扑火”原理，用灯光诱捕蛾。光是亮的，它怎么会是黑的呢？原因是灯管内壁涂了荧矿粉，发出的光是紫罗兰色的，比日光灯、白炽灯发的光暗得多，也许就这样叫它“黑光灯”了。我不知道这个发明有没有得过科技进步奖，反正那时棉花产量创下过全国纪录，我们的女县委书记黄建英同志上北京得到周总理接见，总理称她“棉花姑娘”。“黑光灯”这个意象还是有点意思的，它是二十世纪七十年代三北大地的奇观。我甚至想，如果要我选，可能会选“黑光灯”三个字作为书的名字，很“先锋”。

2015 年 7 月

风从杜湖来

—— 序《观海卫书画》[1]

观海卫是我的桑梓地。家乡书画同仁近日举办作品展览，并结集印行。向以为，文章须有新意，而类似的文章写过几回，今不知如何下笔也。前日在杜湖畔流连，忽然想到一位老人。就从这位“梅骨竹心”的大书法家说起吧。

我说的是晚清慈溪人梅调鼎先生。据《赧翁小传》云，翁生于清道光十九年(公元 1839 年)，卒于光绪三十二年(公元 1906 年)。自翁辞世至今，已百多年，确是位“老人”了。说来惭愧，知道梅调鼎的名字，已是世纪之交。当时镇里一位前辈向我介绍晚清书法大家梅调鼎居杜湖的掌故，我才知道这位人格高洁的乡先贤。在网上得见其墨迹，真逸品也，脱俗超凡，令晚生我眼目清亮，叹为观止。于是我开始关注与梅翁有关的文献资料。当代书坛巨擘沙孟海先生 1930 年 1 月 25 日于《东方杂志》第 27 卷第 2 号发表《近三百年的书学》一文，列举二王帖学代表人物八人，其中对梅调鼎的介绍和评价是 ——

[1] 慈溪市观海卫书画协会编《观海卫书画》,2015 年编印，内部交流。

梅调鼎　字友竹，号赧翁，浙江慈溪人，布衣。

梅调鼎不很著名，只有上海宁波一方面的人知道他。他是个山林隐士，脾气古怪，不肯随便替人家写字，尤其是达官贵人，是他所最厌忌的。因此，他在当时，名誉不大，到现在，他的作品，流传也不多，说到他的作品的价值，不但当时没有人和他抗衡，怕清代二百六十年中也没有这样高逸的作品呢？

上文中，沙老最后一句话颇有分量。这可能是梅调鼎书风迥异于其时流行的"馆阁体"的缘故，所谓"流露古人的真意""高逸"是也。那时知道梅调鼎的人委实不多，但许多文献表明，他身边还是有一批重量级的"粉丝"的。慈溪"励志学社"八子之一何其枚，字条卿，比梅小十七岁，与梅为忘年交。何其枚《赠梅友竹先生》诗云："骢马桥南一老翁，九皋鸣鹤九秋鸿。一枝伯仲临沂笔，两鬓飘零杜曲蓬。贪食神仙同脉望，不辞贫贱怨苍穹。年来杖履逍遥甚，长向慈湖理钓筒。"这首诗，一可印证梅调鼎晚年居鸣鹤，二可见小何对老梅的钦敬。因为何其枚，慈溪另一才子冯君木与梅调鼎也有了一段"墨缘"。冯君木与陈训正、应启墀、洪佛矢合称"慈溪四才子"。冯是何的内弟。何将老梅墨宝赠内弟，冯君木题诗《何条卿贻余梅赧翁书赋此报谢》，对老梅书法有精当评说。其诗云："老梅一逝忽三年，墨妙流传更值钱。能使光尘照寥廓，直回苍老作清妍。弄丸手法凭谁解，脱佩心期感子贤。今日人间无此笔，相看狂喜复潸然。"后来，冯君木病，甬上名医范文甫来慈诊治，不肯受酬。冯"强以梅赧翁墨迹赠之”,并作诗云:“割爱相酬同脱剑,此情须抵白金千”。以此可见,对于梅调鼎书法的珍惜和理解,何其枚、冯君木可谓知己。

梅调鼎翁卒后,吾县人能书者,率宗法之。其后书法界称梅翁开创了近代“浙东书风”,亦以见其德之终不孤也。其墨宝后被做了驻日外交官的慈溪老乡带到东瀛,在日本书道界也有了名声,称誉梅翁为“清代王羲之”。

杜湖真是个神奇的所在,观海卫一带受惠于杜湖久矣,百姓饮水、田禾灌溉皆赖此湖。乡贤吴锦堂浚湖筑堤,造福乡里,传为美谈。吾乡文化也得益于此湖,初唐名臣、书法家虞世南出于此,而百多年前,乡先贤梅调鼎赧翁先生居于此,并以其独特书风影响后来者,成为开一代书风者。所谓“风从杜湖来”是也!

讲这些陈年往事,并非阿Q精神胜利法,直以为我们曾经也很发达。只是想说,写字作画也好,为文也罢,须继承传统不忘本初,博采众长不断出新。今吾乡有众多习书作画之同道,对于前人书法名画心摹手追,常相聚论书谈画,同声相应,同气相求。近日又办展印书共襄盛举,实乃续文脉之善事也。不揣浅陋,缀数语以谢吾乡同道并致贺忱。

2015年7月15日

每个人心中都有一个故乡

—— 桑金伟摄影集《胶片乡愁：慈溪 1975—2000》[1] 序

这是一个人心中的故乡。

他，用二三十年时间，用胶片记录了故乡。故乡的历史，故乡的生产、老屋、风俗，百姓的生存状态，以及永远消逝的风景……这一切大多已随着日新月异的变迁，被匆匆的脚步落下了。当他捧着这一堆黑白照片出现的时候，我不知该怎么形容当时的心情。我只说了一句：幸亏，你拍下来了。

当我们坐在阳台一隅翻阅这些老照片的时候，可曾感到它们的分量？我眼前时常出现终日背着相机一身旅行打扮的老桑，想起他常年日晒雨淋而显得黝黑的脸庞。如果不是他的有心，我们如何知道老家庭院的模样，如何想象浒山老弄堂"双眼井"的样子？你知道那些手艺工匠敲出的声响怎样构成了街头的交响？你是否还记得那个承载多少学子梦想的老慈溪中学大操场？那位伴着千禧钟声降生的孩子，慈溪的"世纪婴儿"，现在他（或她）在哪里？翻这些老照片的时候，我们是怎样的五味杂

[1] 桑金伟：《胶片乡愁：慈溪 1975—2000》，慈溪市档案馆、慈溪市文联指定课题，宁波出版社，2015。

陈百感交集。时光留不住，许多东西我们都无法留住。我们何其幸运，这三十年，是大变革大变化的时代，我们赶上了。我们又何其不幸，许多东西来不及留意，就没了。新与旧，历史与现代，CBD（Central Business District，中央商务区）土地价值与历史文化价值的取舍，让我们遭遇了空前的困境。幸好，有人拍下来了。他似乎肩负着一种特殊的使命，整天走街串巷，汗流浃背。他说，这是他的故乡，他天经地义要为它留影。最普通的相机，数不清的胶卷，他用几十年的时光，留下了他一个人心中的故乡。而今，当他拿出这些胶片，配上带着他个人风格的文字，这个故乡就不再是他一个人的了。

这是多少人梦里的故乡。

乡愁是一种天然的情感。人们在奋力前行的时候，有必要回首寻觅，找回自己失去的过往。历史不是虚幻的，它就活在老家的深深宅院里，活在老街光滑的石板路上，活在你我魂牵梦绕的记忆深处。我们走向现代化，这使我们的生活变得富足、便捷和体面。但是，现代文明并非绝对优越，它在让我们享受种种物质好处的同时，也往往使得我们迷失精神上的自我。我们的心理空间越来越疏远，人情越来越淡薄，功利心膨胀，人们本来应该拥有的是非之心、感恩之心、敬畏之心，正渐渐离我们远去。有人疾呼，放慢些吧，疾行的脚步。慢些，再慢些，带上我们落下的灵魂。回头看看，看看我们走过的路。浸着汗水伴着体温的这些老照片，让我们重新走入曾经发生过的历史。历史的意义，归根结底是要帮助我们弄明白“从何处来，往何处去”

的终极意义。

这是一部影像志，一部直观的历史书。我们和我们的前辈曾在这一块土地上生存、繁衍、生产、奋斗。你尽可以把它视作关于这方土地的一部发展史、社会史、风物史、风俗史，乃至精神史。历史不一定只是高头讲章，那些宏观的大叙述大数据往往缺乏历史细节的丰富可感和历史气韵的生动。桑金伟先生这些照片之所以珍贵，不仅因为这是“绝版”，更因为他为我们提供了真切的可感知的历史细节，带给我们具体的可触摸的历史信息。他用一张张黑白照片为我们拼接了一个精神的故乡。他的记录是充满感情的创作。每一次按下快门，都伴着他内心的震动，每一张黑白构图里，都饱含摄影人滚烫的汗和血，情感，认知，还有良心。

翻阅这本书，就是一次文化的寻根。

2015 年 7 月 19 日于半亩方塘

寻得着来路，看得清未来

——《秋斋聊志》[1]出版随感

祝贺周乃复老师的新著《秋斋聊志》出版。在座的都是对地方文化有感情、有积累的读书爱好者，在地方文化研究方面有专攻，有成果。慈溪市政府地方志办公室和上林书社召开这次座谈会，让我们有机会在一起交流观点，增进感情。大家的发言都很有见地，让我受益匪浅。

本来想谈的，刚才大家发言中有些都谈到了，我就不重复了。我想着重从三个方面谈谈周老师的学问给我们带来了什么。

—— 让我们自信。在一个小地方，做地方文化研究或从地方文化出发从事写作，有时难免会妄自菲薄，看不到意义所在。周老师的实践，却让我们实实在在感受到了地方文化研究的价值和意义。周老师将地方文化放入其"上位文化"范畴中探讨，立足于慈溪，又不局限于慈溪，将一地文化放在一个更大的背景中，求得认识上的飞跃。比如，将上林湖越窑放在越窑青瓷甚至中国青瓷的大背景中考察，从"宁波帮"整体的角度研究慈溪商人的历史贡献，从海外移民的角度研究徐福东渡等。这

[1] 周乃复：《秋斋聊志》，宁波出版社，2015。

类研究可以帮助人们深入了解某类地域文化内容的重要特征，认识其在全国乃至国际上的影响，从而产生新的意义。有些研究已经走出了国外，走上了国际论坛。周老师切实给我们带来了信心。我们从周老师的研究成果中，对于生养我们的这片土地有了更深切的文化认同，让我们增强文化定力，让我们“寻得着来路，看得清未来”。《影响慈溪地域文化进程的几个根本因素》《谈谈慈溪民性的文化母体》等文章揭示的是一些根本性的东西，让我们认清慈溪文化的本源性因素。我很喜欢《浙东食俗与饮食文化的思考》，文中提出食俗是研究地方文化的“活化石”的观点，颇有新意。而我更希望读到的是《重视民性弱点和失落点的总结》这类的文章，有些周老师开了头，我们可以继续挖下去。

——让我们开窍。这主要是在思维方式上。周老师做学问有许多创见，这得益于他的“文理兼容”。文理打通，中西交汇，可能是周老师的一大优势。他往往能从一个独特的视角来分析问题。他擅长以新兴学科知识阐释地情特色，比如引入文化生态学的理念写出了《三北历史文化的发展态势及其生态依据》《鄞州与慈溪：不同地理环境下的文化发展态势》等有分量的文章。地图与地方志的结合，是他的另一优长。不久前在日本佐贺召开的徐福文化国际研讨会上，周老师的研究成果“中日韩徐福文化传承地及可能航线图”受到与会学者的关注。不要小看这一张图，这是需要很多社会科学特别是自然科学知识支撑的，比如秦以来东亚沿海洋流的状况等。形成杭州湾滩涂的泥沙的源头在哪里？不能想当然地以为是上游带下来的，周老师提出的东海洋流作用下回流至杭州湾的说法，应该更有科学依据。我时时感到自己知识结构的局限性，不知现在补还来得及否。最近读美国学者雅克·巴尔赞《从黎明到衰落：西方文化生活五百年》一书，其哲学式见地与文学式叙述都让我大开眼界。值得一提的是，巴尔赞年轻时就想写一部西方文化史，后来听从一位老者的意见，在 85 岁的时候，才开始写这部书。几年之后，也就是 20 世纪结束的那一年，这部文化史巨著终于出版，那一年巴尔赞 93 岁。上天让他长寿健朗，得以完成这一睿智、风趣、博学、大胆的杰作。这部书在许多方面都令人耳目一新。我们对于外来文化的态度，应当少一些斗争思维，多一些融合的思维，如费孝通先生所言："各美其美，美人之美，美美与共，天下大同。"自然科学思维，数字化和地图在方志领域的应用，周老师的实践启示我们，从更多的视角，运用更多的方式可以为地域文化的研究提供更多的可能性。

——让我们开阔。说的是一种胸怀。周老师是我们慈溪文学界的前辈，曾长期担任作协主席，对年轻作者培养、扶持，欣赏、鼓励，是周老师一贯的作风。他是一位宽厚的长者，他总是微笑着，期待着年轻人的成长。当年轻人取得一些成绩的时候，他由衷地感到高兴。他又是一位有文化责任感的学人。他那天跟我谈了很多，其中谈到想发心组建一个"诗词学会"。他说，慈溪有不少传统诗词写作爱好者，他想着怎么把这些作者组织起来，把他们的诗词作品汇集起来。一位八旬老人的责任心，让我们感动，也让我们惭愧。面对这样一位有文化自觉的老人，我们唯有像他一样，默默地坚守，从一些小事做起；面对这样一位心胸开阔的长者，我们唯有像他一样，少埋怨，多笔耕，少计较，多包容，相互欣赏，“美人之美”，我们才可以问心无愧。

祝愿周乃复老师健康长寿，期待周老师不断有新的著作问世。

2015 年 8 月 24 日

诗意的栖居者

——序《于鸣诗词集》

于鸣先生，相熟的朋友谈起他都怀有敬意。他年逾七旬，身形健朗，神清气爽，常有创作成果与我分享。未曾想到的是，老先生日来以诗词集相赠，并邀我作序，实在令我惶恐。一则我是晚辈，二则对诗词没有研究，力有不逮。老人的诚挚又令我不好推却，只能勉力为之了。

始读于鸣先生诗词集，是在一个清风丽日的午后。文字之交是很神奇的。我与于鸣先生接触不多，但吟咏他的诗作，让我一下走近了他。我甚至感觉到了于先生的脾性，以及他与我的某种契合。

读于先生诗词的时候，脑子里生出一些关于艺术的“怪论”。艺术早于货币，早于国家，早于法律。我们的生活，可以是功利的，也可以是宗教性的，还可以是理性的，也可以是艺术的。商业对于艺术的影响已经越来越大，但艺术依然是一个独立的范畴。在精神领域而言，艺术是最大的空间，它是人类的“第八块大陆”。这里没有界定，这里是一种心灵的自由。

回过来说于鸣先生，他是拥有大空间的人。在于先生这里，生活即艺术。诗词、书画、音律，占据了他退休生活的主要部分。称他“诗意的栖居者”是不错的。生活是平凡的，甚至是庸常的，于先生则善于在平常中发现不平常。在于先生笔下，坎墩人唱姚滩，补缸匠巧手艺，如今吃喝换口味，这些看似平常的人和事，皆可入诗，且可以写得颇有意趣。他的《对饮吟三首》，将生活与艺术结合得那么熨帖，一首说“宫商角徵羽，笺香识知音”，一首言“弃前解宽衿，杯杯心相印”，妙手得之，颇可玩味。他是将生活艺术化的好手，无论行旅山水，还是莳弄花草，他都带着一双艺术的眼睛。“常运耳目思绪兴，方格田里勤耕耘。”“好诗有如陈酿酒，情真韵美意蕴厚。”这是作者的自况，可谓道出了部分真相。

有人问为什么中国画山水画水准最高。因为山水画中没有皇帝，没有人情世故。山水画和花鸟画，也因此成为中国古代文人心灵流亡的隐居地。于鸣先生写诗词，也作画，山水、花鸟皆清新可人。于鸣先生的创作是自由的、愉快的。艺术，是他的精神乐土，也是他心灵的栖居地。

古典诗词风格多样，寒或瘦，雄浑或飘逸，纤侬或婉丽。读得多了，觉得还是朴实平易一路比较对胃口。所谓“守拙得真意，吟诗有古风”是也。千百年来，陶渊明的诗风一直影响着历代文人。陶渊明代表着清高、气节、真淳，也显示着一种回归自然的人生态度。在于鸣先生的诗作里，亦可见陶诗的深刻影响。对于陶诗的学习和体悟，呈现的是对于清高人格的向往，以及自然的性情和维持真率生活的愿望。于先生的诗是真率的、清新的。

他有一颗不老的心。

他是生活的介入者，有时也是冷静的思考者。于鸣先生的咏物诗和咏史诗，颇可一道。最具典型意义的是两首。《春笋》：“养精蓄锐藏山岙，破土擎天冲九霄。脱鞘拔剑不弯腰，蓝天作纸写风骚。”《蝉》：“临风饮露攀高枝，无韵噪叫无休止。胸无点墨充文雅，竟夸海口全都知。”前者让人想起明代于谦的《石灰吟》，而后一首，则与唐朝虞世南的同题诗大异其趣，显示了诗人的冷峻和锋芒。老人温和的外表下，保持着传统知识分子的峭拔和独立。也因此，他对于那种人云亦云、随波逐流的现象深为不满。“诗说历史人物”三十八首，充分展示了诗人对于风云世事的看法，显示了一种独立的姿态。“解读历史多问究，谨防障眼真相漏”。从孔子的长相，华佗难治自己病，到吴三桂降清，老人都有自己的独到见地。《冤鬼陈世美》为无辜者鸣冤，也引人思索历史的悖论：“廉明清官成囚犯，身背黑锅三百载。假作真时迷人眼，戏文误当历史看。”《误读阿斗千百年》给出了一个全新的思考维度：“隐忍观色有智慧，韬光养晦可称睿。半个世纪民居安，西南一隅和睦瑞。”对于春秋五霸之一的齐桓公的论说（《桓公爱才惜如宝》），也是独具只眼。春秋五霸之一的齐桓公，能力、长相一般且贪财好色，其成就霸业，全赖善于用人，棋高一着。管仲辅佐有功，齐桓公第一表彰的是管仲的启蒙老师，第二表彰的是举荐管仲的人，直到第三才表彰管仲本人。此种重教敬才的理念为齐国赢得了人才。这样的诗论可谓新意迭出，乃诗词集一大亮色。

艺术可以分享。艺术给创作者带来了精神的欢愉，还应当在传播中不断放大价值。愿更多的朋友分享之。

乙未年立冬后三日于半亩方塘

《我们：慈溪文联 30 年》[1] 序

说“我们”，是在说一种理念。

2012 年 5 月，《慈溪文丛》15 位作者的 14 本个人作品集整齐亮相。《人民文学》主编施战军率编辑团队点评了这 14 本文学作品。这是慈溪本土作家个人作品集第一次成规模呈现，这 14 个集子是从申报的 30 多本书稿中经专门的评委会反复甄选、评审后确定的；而更大的一个基数是 200 多位作协会员，是《浙东》近 30 年 100 多期发表的 1000 多万文字，甚至更庞大的数目。这样的一次集体亮相，基本代表了一个阶段慈溪文学创作的整体水平，其意义显然是不同寻常的。

待到 2014 年 12 月，一套名为“慈溪艺丛”的画册引起了业内外的广泛关注，因为在一个年味渐浓的时刻首发，而被市领导称作“一份特殊的年货”，让人记忆深刻。这是一套“有分有合”的书，是 16 位书法家、14 位画家、14 位摄影家的 44 个单行本，也是合订本，三本分别为《溪上书家》《溪上画家》《溪上摄影

[1] 慈溪市文学艺术界联合会编《我们：慈溪文联 30 年》，2015 年 12 月编印，内部交流。

家》。编这套书的时候，某种理念已经出现，虽不很明晰，却也呼之欲出了。在《慈溪艺丛》的总序里，我这样写道：“这里充满活力，一个个‘个人’的活力和组织的活力，年轻力量不断涌现，创新成为他们的永恒追求。2014 年中青年书画作品整体亮相宁波美术馆，便是这种种活力的一次呈现。”“这是一个个‘个人’的单行本，艺术创作毕竟是一种个人行为；但更是‘集结号’，是书法、美术、摄影集体力量的呈示，也可以说是湿地生物多样性的精彩呈现。”

于是就出现了两个关键词：我，我们。

艺术创作本来是“我”的事情。它是一种个人化的创造，是自我体验的艺术呈现。它是王泽焕的《小城记忆》，是叶文夫的《彝人回家》，是陆军吹响的“田野的鸽哨”，是霍建幸喊出的“太阳为我升起”；它是俞强的《旧痕集》，是俞白桦镜头里的《童年》，是马国庆带着汉简风的大草，是余海军大俗大雅的《十里红妆》；它是张巧慧的《与大江书》，陈德根的《五塘村的春天》，是罗泱波的《舞者》，是房洁的《杏花春雨走江南》，是单鹏云的《湿地候鸟》；它是李道一的小戏，是陈金华的莲花落，是胡新昌的小锣书，是火辣辣的“慈溪好舞蹈”，是笑着流泪的“慈溪微电影”……总之，它是出自艺术创作者心灵的个人化的精神产品。

但是，艺术创作又不单单是“我”的事情。许多事情是“我”所不能的，许多时候，站在“我”的角度上是无法做到的。每个人都不是一个孤岛，需要引入“我们”的概念。“我们”可以让“我”做得更好。当“我”变成“我们”，思考的广度就会无限扩大，团队的力量会得到最大的凸显。

“我们”不是一个个“我”的简单相加，而是一种聚合，它应当而且可以产生聚合的效应，释放文艺蕴藏的巨大能量。

也是在编《慈溪艺丛》画册的时候，我想到了“湿地”。

其实我说的就是“文艺生态”。这样的生态，有无形的理念和有形的制度在起着作用。

那个春天，我们种下一棵树，30 年来逐渐累积而形成的传统，一直在起着作用：

“我们”尊重和保护“我”的个性，促进“我”的自我完善和成长；

“我们”较真，坚持艺术追求，拒绝平庸，坚守艺术良知，我们是文艺界；

“我们”倡导互相包容、欣赏，切磋、砥砺，“我们”崇尚人梯和蜡烛精神——这是我们最宝贵的精神财富，晓洋老师，张日铣老师……他们或许正从某个遥远的高处望着我们，他们所代表的某种精神一直激励着我们前行。

写下这些文字的时候，我很自然地想到了大自然里一种独特的飞行现象。大雁在天空中飞翔，一般都排成人字阵或一字斜阵，生物专家们经过研究后得出结论，雁阵中每个雁子可以借助其他雁子的羽翼所产生的空气动力，使自己的飞行更快更省力。一群编队飞行的大雁，要比具有同样能量而单独飞行的大雁多飞 70% 的路程，也就是说，编队飞行的大雁能够借助团队的力量飞得更远。大雁的叫声热情十足，能给同伴鼓舞，大雁用叫声鼓励飞在前面的同伴，使团队保持前进的信心。当一个大雁脱队时，会立刻感到独自飞行的艰难迟缓，所以会很快回到队伍中，继续利用前一个大雁造成的浮力飞行。多么可贵的“雁阵效应”！

是不是可以这么说：“我们”因“我”而存在，“我”因“我们”更精彩。“我们”的力量来自广大的“我”，没有一个个“我”，“我们”是不存在的；“我们”只有在为一个个“我”服务的过程中，才有价值，才有存在的理由。而“我”，因为在“我们”中汲取力量，因为有“我们”做后援，因为“我们”的鼓励和健康的批评，才走得更稳更远。

形象的说法是，“我们”其实是一种文艺生态。这样的文艺生态，有着文艺生态应有的理念和追求，那便是：

文艺成果有见光出彩的机会。协会为创作者们搭建交流切磋、共同进步的平台，作协的作品研讨会，书协美协的双年展，音协的原创作品音乐会和每月一次的“音乐沙龙”，舞协的“慈溪好舞蹈”，剧协的名票名段演唱会，曲协的年度作品加工会，摄协的主题年展乃至摄影节，影视家协会的微电影创作等。文艺阵地力推文艺人才和文艺成果，30 年 120 期的《浙东》季刊，成就了几代人的文学梦，纯粹的文学品质、植根地域文化厚土的鲜明特色和力推新人新作的追求，使得《浙东》成为文学爱好者的精神家园，成为慈溪文艺接力打造的品牌。始终与时代同步，不断创新探索，“慈溪文联网”和“慈溪文艺”公众平台成为推介精品佳作的新载体。在慈溪，优秀的文艺成果总有出彩的机会，慈溪文艺人有着成长的平台。

文艺进步有奖励补助的制度。新世纪元年，以市花命名的优秀文艺作品“月季花奖”首度颁奖，延续了文联初创时即有的表彰机制。“月季花奖”是这一方土地的人民对于文艺的态度，是市委、市政府对文艺工作者的鼓励和支持，也是对文艺界的鞭策和期待。一位老文艺家说，这是他所见的最有力度的地方文艺奖励政策。更重要的是精神的激励，对于文艺创作的认可，对于精神劳动的敬重，每年的“月季花奖”颁奖日成了文艺人的节日。

青年人才有进修提高的后援。大气，包容，不断提携新人，不断培育新人，是“我们”的主流，是文艺事业生生不息的不二法门。青创会、“80后”“90后”作品研讨会以及全省首个县级网络作家协会，已经成为慈溪文艺后继有人的有力推手；为文艺人才到高等院校进修深造做后盾，让中青年人才有了快速成长的通道。2014年在宁波美术馆举办“溪上清流：慈溪中青年书画作品展”，为中青年人才提供进步和亮相的机会。2013年布依族青年诗人陈德根入选《诗刊》第29届“青春诗会”；2014年青年诗人张巧慧入选《诗刊》第30届“青春诗会”，张巧慧还成为2015年“华文青年诗人奖”全国3名获奖者之一。慈溪市作协名誉主席周乃复先生说：“后生可畏！”饱含深情和欣慰。

老中青作者有交流创作、展示成果的平台。举办作品研讨会，推荐优秀作品，提供交流创作平台，已成为慈溪文艺的常规动作。长篇小说《温暖》《三北碧血魂》《阳谋》《宁波！宁波！》等专题研讨会，见证了慈溪小说成长的历程。慈溪文艺界依托

《人民文学》长篇小说双年奖、袁可嘉诗歌奖系列活动，年年举办慈溪文学新作点评会。依托陈之佛艺术馆促进文艺交流和研究，一方面，展示文艺创作成果，举办各类展览，提供交流平台，推动创作；另一方面，结合展览开展主题研究和讨论，引导理性思考，鼓励学术争论。慈溪文艺拥有众多交流和展示的平台，为慈溪文艺成长提供了空间。

老文艺家有受到敬重的氛围。敬重老文艺家就是敬重传统，就是不忘本初。历届文代会、茶话会，我们都邀请老文艺家参加，让他们为文艺工作出谋划策。2010 年举行的“月季花奖”颁奖典礼上，我们上门邀请本市老文艺家为获奖作者颁奖，以先学之力鼓励后学者。并且组织出版慈溪老文艺家丛书，编辑出版《范无伤先生遗墨》；点校、整理慈溪七位近现代诗人旧体诗集，出版《溪上诗丛》；成立以老文艺家为主体的“诗词学会”，举办老文艺家作品个展，传扬老文艺家的艺术精神。

三十个寒来暑往，三十年春华秋实。我们的履历表上，写下了一行行勤奋和光荣。从三十年前慈溪大地结出硕大的果实，带着三北泥土气息的长篇小说《四明传奇》和中篇小说《海地》诞生，到如今各艺术门类创作硕果累累，争奇斗艳，回顾一路走过的历程，我们由衷地感恩，感恩这片充满活力的土地，感恩崇文务实的淳朴民风，感恩历届党委、政府的重视支持，感恩伟大时代的丰厚馈赠。站在 30 年的时间节点上，我们深感任重而道远。我们——整装再出发。

苏联导演塔科夫斯基的电影《牺牲》里有一个细节，一个小孩，每天提着一桶比自身还要重的水，浇灌海边的一棵树。电影结尾，树上的每一片叶子在风中闪亮，巴赫的音乐响起。

我们，都来做那个小孩，提一桶比自身更重的水来浇灌一棵名叫慈溪文艺的大树。

做民间文艺的守望者

——《中国民间故事丛书·浙江宁波·慈溪卷》[1]首发感言

民间文艺里面有我们中华民族传统文化的基因。传承民间文艺,就是弘扬中华优秀传统文化。

讲到传统文化,往往只讲儒学,只讲典籍,这是不全面的。全面认识中华传统文化,是弘扬中华优秀传统文化的第一步。中国艺术研究院资深研究员田青先生,把中华传统文化的内容概括为“三根柱子两层楼”,我觉得非常有意思。支撑起中华传统文化的“三根柱子”就是儒、释、道,这三者构成了中华传统文化的核心,也是中国人精神力量的源泉。所谓“以儒济世、以道修身、以佛养心”,三者在构成中国人的人格方面分工不同,各有侧重,但缺一不可。“两层楼”呢,上面一层是文人创造的精英文化,包括经史子集,唐诗、宋词、元曲等,共同的载体是汉字,是借汉字传承的文化。一说传统文化,我们首先想到的是这些,很多人则常常忽略楼下还有一层。这一层虽然在楼下,并不是“低下”

[1] 童银舫主编《中国民间故事丛书·浙江宁波·慈溪卷》,知识产权出版社,2015。

的意思，其高远，其广大，其丰富，其精彩，超出我们的想象。这部分文化的载体是语言，一直以来主要由口头传承，其特点就是口口相传，包括传统戏曲、传统音乐、传统舞蹈、传统美术、手工技艺、民间文学、民间习俗、传统节日等，基本上构成了民间文艺的范畴。

民间文艺在中华文化传承中的作用绝不可小看。我们可以设想一下：在传统社会，一个普普通通的农家子弟，不识字，甚至只有一个乳名，他不但知道春耕夏耘、秋收冬藏，知道勤俭持家，还知道孝敬父母，知道“二十四孝”故事，在国家危难的时候知道“精忠报国”。他从哪里知道忠孝廉耻？从哪里知道仁义礼智信？听说书，看戏文，过传统节日。他在这些和中国人融为一体的“民间文艺”当中，建立了深层的道德感，还有了一个中国人的自我认知。就是这些让每一个中国人保持着他的基本人格，并以同样的方式传给自己的子女，他会健康地度过一生，从而保持中国社会千百年来基本的结构和文化的传承。现在有一个新词叫“非物质文化遗产”。这些非物质文化遗产，对中华民族而言，是DNA，是根与魂，是我们民族的标识和符号。

我们要做民间文艺的守望者。当人们追求经济发展和现代化的时候，往往容易忽视祖先留下的遗产，忽视我们代代相依的精神家园。但是，这中间总有一批先觉和义士率先觉醒并自觉承担起反思、呐喊的责任，以自己的博识和远见，洞察于前、忧患于前、行动于前，不惜汗、不气馁、不居功地奋斗着。时下也是如此——当全球化的飓风向我们袭来时，他们保持着清醒，坚定地守护着民族文化的根脉，并以开放的态度面向世界，承担了取其精华、为我所用的责任。

最近我在读一本书《罗哲文传》。罗哲文，就是一位坚定守护民族文化根脉的学者。他是梁思成、林徽因的学生，是当下中国古建筑研究第一人，也是中国申报世界文化遗产的倡始人之一和“中国历史文化名城”评选的发起人。他是现任中国民间文艺家协会分党组书记、驻会副主席罗杨的父亲。罗杨则接过了父亲的接力棒，为保护传统文化不遗余力。在《中国民间故事丛书》总序里，罗杨说：“把祖先留下来的精神遗产抢救下来、保存下来，完整地交给后人，是几代民间文艺工作者的责任和使命。”

最近我们接连做的几件事很有些意义：桑金伟黑白照片集《胶片乡愁：慈溪 1975—2000》出版发行，各种消逝或即将消逝的手工艺，那些三北风味食品，那些已经消失的老屋、老街，勾起我们多少乡愁；阮万国散文集《盐霜》首发，先民煮海熬盐的生产、生活习俗深刻影响了三北特有的文化性格；再一个就是今天《中国民间故事丛书·浙江宁波·慈溪卷》首发。这些事看起来都不大，但只要我们持之以恒地做，涓涓细流终会汇成大河。

在山东潍坊，还没走进莫言的家乡高密，就突然感到：高密的土地里长出一个莫言来并不奇怪。那简直是民间文艺铺满大地的地方。莫言自己说，他是在故事里长大的。

三北民众中间也不缺故事，而那些带着人们美好希望的民风民俗，则更是丰富多彩，耐人寻味。

我结婚那天，新娘接到村口，下轿车，就有人在地上铺了麻袋，我和新娘要踩在麻袋上走路，我们走两步，有人把后面的麻袋放到前面来。我当时不知道这是什么意思，原来寄托了“传宗接代”的美好祝福。我还记得，新娘从娘家启程前的一个小细节，带上一只小火熜，临上“轿”前给父亲点烟，寓意也是意味深长的。

都说我们没有信仰，其实我们还是有许多民间信仰的。我们走过很多地方的村庄，稍大些的树，树下都筑有一个神龛，供着香，树上系着彩带，看样子是把它当作树神了。我们这边对于千年老树也很敬畏，抱一抱，接灵气，称老树公公。做忌日，祭奠逝去的亲人，既是寄托思念，也是教后人不忘祖宗，有归属感，有敬畏。

在阮万国先生的散文集《盐霜》里，也有很多写民间习俗的内容，带着浓浓的三北地方特色。不说全部，至少很多优秀的文艺作品，都是带有浓郁地域特色的。最近有一部长篇小说，王蒙的《这边风景》，获得了茅盾文学奖，我看它是借了新疆特有民风习俗的光。天元初中张寒老师的小说、散文就一直带着他出生成长的地方——陕西渭河一带的风俗特征。多年前读张文勤老先生的长篇小说《三北碧血魂》，里面海边风情、习俗、方言交织着吹来的海风，感觉很好。戚天法先生的《四明传奇》，20世纪80年代初轰动一时，周乃复先生称它是慈溪民间文艺泥土里长出来的第一个大果实。

我期待三北土地上有更多的大果实长出来。

2015年12月6日

2016

听　潮　集

地方性写作的意义及其超越

——《慈溪作家》丛书[1]总序

一条无名的小路，是祖父在杂草丛生中硬生生辟出来的羊肠小道，父亲的童年是踩着这条泥路度过的。等到我开步的时候，父亲撑木船从长岐山运来石板，我童年的游戏都是在石板路上上演的。而今，小路早已淹没在一条通向遥远的宽阔柏油马路的腹下，再也不见了踪影。然而在写作者孙文辉的心里，承载了几辈人生命历程的这条小路是弥足珍贵的。小路和草舍一起成为祖父“海地”立脚的第一件杰作，也是当年父亲打弹珠、“我”踢房子的所在。这里有一家几辈人的生命记忆。

有人将这类带着强烈个人体验、地方印记的写作称为“地方性书写”。

我曾与一位热衷于拍人文纪实片的艺术博士有过一次畅快的交谈。那是一场相见恨晚的谈话。我谈的多是我周围写作者的文字成果。逐花而居、养蜂为生的歌者老沈用诗句重构了一段人生，小女人巧慧以诗为刀剖析自身和普遍的人性，“光头”金

[1] 方柏令主编《慈溪作家》（小说、散文、诗歌、评论四卷），宁波出版社，2016。

波则以带着东北味的语言和故事传达一种深思熟虑过的想法，看似沉默的布依族人德根、开口渭河腔的张寒则“坐南望北”，乡愁悠长而绵密……听到这里，博士说出了“地方性书写”的概念，甚至有了以此为主题来慈拍一个纪实片的冲动。

文学的地方性与世界性，是个问题，也是一直困扰我的老问题。

身处海边一隅，我们的写作有没有意义？我们的写作如何有出息？

哲人告诉我：世界是一个空洞的概念，只有填充进地域性文化的细节，才会具备肉身和人格，才会有灵魂，变得真实可靠，触手可及。

是的，文学是具体的，特殊的，充满个性细节内容的。世界的所有地区都由不同的地域文化构成，拥有各自不同的生活细节，这些地方性的内容被作家成功地写成作品，文学就显出了非凡的力量。世界的价值之一就是差异性，文学更是如此，没有差异的文学，就失去了意义。差异性表现最充分的就是地方性文学。一部文学史就是“差异性 — 同一性 — 差异性”的历史。

说到这里，我的信心来了，我顿然发现了“我们”写作的意义。是啊，文学史上哪一部伟大作品都不是凭空冒出来的，都是从土地上长出来的。立足于我们自己的土地，这就是我们要做的事情。我们应当知道，这片土地为我们提供了丰富的写作资源，为我们提供了区别于他者的特殊细节。立足于自己的土地，写出自己独特的人生体验，保证其陌生化和独树一帜，从地域文化出发，获得重要的思想启示，发现人生真理，这才是我们要走的路。

博士还说：地域文化的研究和地方性内容的书写，也是21世纪文学最重要的方法论。陌生化是文学艺术最重要的特质，它的大部分来源就是地域文化。当前全球化使得世界各地文化差异性越来越小，对于人来说，也许会有很多方便，对于文学，却是一件坏事。文学描写越来越雷同，越来越乏味。面对全球化趋势，要提出地域文化与文学写作的追问，比如方言写作和普通话写作，少数民族写作和汉族写作，边疆写作与首都写作，知识分子写作与民间写作，亚非拉中东拉美写作与欧洲北美写作等。

反观国内的文学版图，我称之为“边地”的写作令人兴奋。无论是新疆的刘亮程、云南的雷平阳，还是吉狄马加的彝族史诗、阿来的藏地小说、迟子建的《额尔古纳河右岸》，都令人眼前一亮，这或许便是一种陌生化效应吧。

再也不要为身处地图上找不见的小地方而自惭形秽了，不要为远离文化中心而妄自菲薄，地方性才是我们的本钱。我们身处的三北，就是苏童的香椿树街，就是莫言的高密东北乡，就是福克纳的约克纳帕塔法县。

反过来的问题是：文学材料很重要，但只有材料却不是文学。如何从现实到艺术，如何把真实的故乡改造成心造的故乡，这才是作家的本事。作家的才华、知识系统、思想境界和情怀，决定了他的写作能够走多远。对于地域写作者来说，写好故乡那一片山水那一方风俗并不难，难的是怎样赋予这个原乡一种普遍性，获得一种超越性。福克纳和莫言虽然立足于“邮票般大小”的故土，但是他们的作品是建立在宽广、深厚的底蕴上的。他们恰当地平衡了区域性和共同性的关系，试图通过区域性的场景和人物折射出普遍真理，阐发对人性的诠释和拷问。地域文化的文学写作，不是为了关闭和躲藏，而是为了敞开。地方性的书写，不是为了自我张扬，不是自言自语，也不是自身委屈的浅表诉说。开阔眼界，提升自身的文学理解力，让地方性文学写作具备更宽阔的视野，揭示出普遍而深刻的人类命运，这才是我们的追求。

让我引用国际安徒生奖获得者曹文轩的话作为本文的结语：

“一个作家站在这块土地上的时候，同时他的目光应该穿越这个国家的界碑，去一个更加广阔的世界，然后思考整个人类应当思考的那些问题。”

2016 年 12 月于三北

向死而生

——试论岑燮钧小说的一个母题

岑燮钧的小说集《戏中人》[1]，文友们都很喜欢读。我特别喜欢其中写"族人"的一些篇章。这里有族人的悲苦、谐趣、智慧，有人性里的幽暗，以及面对艰辛的隐忍。

六公公这个人物非常立体饱满。在六婆婆嘴里，六公公是个"吼结煞人"。做人要有收成结果，可六公公呢，上辈手里接过的家产，到他手里，败得精光。六婆婆就和他分开过，不同房，不同床，同一屋檐下，却用同一口锅。不同锅行吗？烧两次饭，那不更败家吗？——分开过，是六婆婆阻挡败家子的最后防线。

六公公果真是个败家子吗？又不是。生产队解散了，土地承包了，队里的家当半卖半送分掉。六公公竟要了一只半新不旧的水泥船。这时就看出他的眼光了，看出他的小智慧了。分散干了，但有些事情独门单户干不了的，必须借助外力，比如运输。收麦运肥可都要用船。这船归了我，到时谁要用，是要付租钿的。六公公有了一个牢靠的收入来源。他手头比较宽裕，搓搓小麻

[1] 岑燮钧：《戏中人》，宁波青年作家创作文库（第3辑），宁波出版社，2016。

将，偷偷塞点钱给大孙子；嘴上寡淡了，买斤肥肉，嘴又油光光了。

六公公其实不是“呒结煞人”。七十三岁那年，少有人租船了，趁公家筑坝要用船，他索性把船卖掉了。卖了船干什么？用在了最后的事情上。用六公公的话讲，人生七十古来稀，还能活几年？趁有几个闲钱，把坟做了，死了就有去处，也安生了。六婆婆说：“我不跟你做一起。”六公公说：“你不要脸，我还要脸呢。”便兴兴头头忙做坟的事。这里还有一个细节：墓碑上“德配何氏”的“德”字漏了，六公公跟石匠理论，石匠说碑都上山安好了，晚了。他一定要石匠重新上山给刻上。

小说写到这里，一个有些不良嗜好，精明、有底线、懂生活的老农形象便出来了。他被老太婆骂了一辈子“败家子”，临到头，谁说他没有收成结果？有了坟，就有了结果！

农村人很重视死后的事情。死是压倒一切的事情。在农村，死亡如同一个公开的节日。借着死亡的名义，村里人聚集，走动，化解仇怨，修复情感。与土地终身相伴的农民，早已学会了如何与死亡一起生存。以前，老人们很早为自己备好棺材，放在柴屋甚至正屋里。有些人，做棺材的时候，像做新衣服一样，还要躺进去试试是否合身。还有很多人，老早为自己选好了坟地，也不讳言这就是自己将来的家。农村人自有一套生活哲学。我老家隔壁有个阿婆，生前就说希望自己的坟墓能够离家近一点儿，还要与亲家做邻居。她对子女们说，这样你们扫墓方便些。她对死亡，似乎从未恐惧过，也不害怕那个将要去的地方，因为她认为，自己生了儿子，儿子又生了儿子，生命就传下去了。所谓死，对她而言，不过是换了一种方式存在，存在于祖宗牌位上，存在于子孙的血脉中。这或许是一种朴素的、淡然的人生观，它透出一种关于生与死的乡村哲学。这在岑燮钧的小说里经常可以感受到。

岑燮钧的小说里写了很多人的死亡。六公公算是寿终正寝的，三爷爷是因肝腹水病死的，说话幽幽的五嫂是被车撞死的，七阿太是在孙子起屋上梁的炮仗声里去河埠头寻死的。发酒疯的二爷爷喝了农药，被救过来，第三天还是没了，据说是，他口渴，女儿给他削了个梨，吃了梨头，毒性崩散，就这么死了。

中国人的文学主题，死亡并不突出，往往是分散的、弱的，不直接将死亡作为观照的对象。在西方，受希腊悲剧和基督神学的双重影响，对死亡的思考和表现，成为一个深远的传统。死亡占据了欧洲二十世纪文学的中心。对意义的追问，导致了向死亡的聚焦。只有认识死亡的面孔，才能感受生命的深度，正所谓“向死而生”。因为，此生此世只不过是真理的一半，向着有限和封闭的日常视野展开；另一半真理则向死亡敞开，那不是来自表面，而是来自深处。我们不但属于表面，而且属于深处。只有身临时间与永恒之间裂开的死亡的深渊，才能参透生命的意义。

临死，才看出人心。三爷爷，一个喜欢说荤话，喜欢在年轻媳妇们身上揩油的老头，咽气前已经不能说话了，他对着三阿婆，僵硬地伸出三个手指头。家人都不明白是什么意思。阿奇媳妇说，三爷爷曾吹牛说还有三万块钱，说三阿婆跟他苦了一辈子，钱要留给她。“七七”过后，家人在收拾一只废弃的煤炉时，在两个烧化的煤饼之间，发现了三千块钱。三阿婆流着泪说：“你个死货！”恰如谢志强老师所言，煤饼这个细节，有残存的热量。

生活远比小说复杂。人心也远比我们知晓的复杂。二太太（曾祖母的妯娌）也是到了临终，让一直为母亲分自留地不公而耿耿于怀的大儿子感动得稀里哗啦的。

小说是生活的别史，岑燮钧的小说，是个人史，也是心灵史。它深入个体的内部，辨析生命的细节，对生命的各种情态都持平等的态度，所以它经常写不正确的道德，甚至写那些变态的、疯狂的、暴烈的人生，写那些人性内部无限的可能性。

死亡，有时也是岑燮钧小说的一个切入点。《兰婆婆》开篇道：“我们族里最老的兰婆婆终于去世了。她的坟很奇特，左边一个男人，姓王；右边一个男人，姓周。”由此，一个女人和两个男人，横跨几十年的人生故事被勾勒出来。背景，先是革命年代，青年学生周大明倾向革命，参加共产党的地下活动，他与兰婆婆结婚是由父母包办被逼无奈，结婚后一直在外奔波，而兰婆婆在家里靠着青梅竹马的隔壁邻居王小三照顾；解放后，周大明在政治运动中被打成特务，受尽折磨，王小三赴劳改林场将奄奄一息的周大明背回家来照料，周大明捡回一条命。两个男人与这个女人的命运在时代浪潮的裹挟下跌跌撞撞地过来，兰婆婆晚年做出的决定堪称惊世骇俗。

岑燮钧的小说，主体是人，以人为中心。许多篇章里，人物经历的时间跨度很大，几乎就是一生。而由死亡这个终点来回溯，并以一个旁观者的视角叙述，很轻易地将人的一生给勾勒出来，直让人感受“时间的力量”。最可贵的是，这种勾勒虽然粗线条，但节骨眼儿上却有细节，保存了那个时代的肉身状态，还原出一种日常生活，使得大跨度的叙事不失质感和热度。燮钧一直保持着自己对世界的好奇，貌似冷静克制的叙述后面，能看出小说家的态度：对一种生活的同情，对一次生命过程的展开，并辅以坚实的物质外壳——有合身的材料，有细节的考据，有对生活本身的探究。这让我们对岑燮钧有了更深的了解，他对人的生活世界、生命情状，有着较深入的体察，他是小说家，也是生活家。

一部小说成功与否，一是要看有没有写出生命丰富的变化，二是要看在变化的动态过程中，是否为每一次的变化提供了足够充分的证据，即是否具有强大的写作说服力。岑燮钧在有限的篇幅里做到了这两点，这尤其难能可贵。

李金波小说的“东北味”

慈溪作家李金波凭借《老海》《舅舅大人在上》《我姐》等中篇小说的集中喷发，“以成熟的姿态冒了出来”。李金波作品鲜明的“东北味”成为其文学风格的核心标识。这种“东北味”既源于其出生地黑龙江佳木斯的地域文化浸染，也与其对东北民间精神的深刻理解密切相关。本文试从语言特质、人物塑造、叙事风格及文化隐喻角度，说说李金波小说中“东北味”的艺术呈现。

语言特质：戏谑与朴拙的辩证张力

东北方言的鲜活运用是李金波小说“东北味”最直观的体现。在《舅舅大人在上》中，他通过“重词轻用”“正词歪用”以及俏皮语的熟练运用，将东北民间的诙谐与直率融入叙事。小说主人公舅舅被形容为“忠厚、拙朴、有些迂腐”，这种语言选择不仅符合人物性格，更暗含东北文化中“憨直”的价值取向。这种语言风格与东北喜剧作品中“故意违反正常语法规则”的幽默策略一脉相承，但李金波更注重通过方言的节制性使用来增强文本的文学性，而非单纯追求笑料。

同时，李金波的叙述语言呈现出“狂欢化”特质。在《舅舅大人在上》中，第三人称叙事与第一人称“我”的视角频繁切换，形成了“说书人”般的互动效果。例如，当描写舅舅坚持传统中医理念时，突然插入“我就想，人为什么不能拙朴一些?”的内心独白，这种叙事跳跃既保留了东北民间“唠嗑”的随意性，又以文学化的节制避免了方言的过度堆砌。这种语言策略与阿郎在《铁锈新鲜》中“削弱幽默感，强化沉思性”的尝试形成对比，突显了李金波对东北方言艺术化的改造能力。

叙事风格：现实主义底色与轻喜剧的融合

东北文学素有“直面苦难”的现实主义传统，但李金波作品中独创性地融入轻喜剧元素。例如，《舅舅大人在上》以戏谑笔调描写舅舅被现代医疗体系排挤的遭遇，却在笑料背后暗藏对传统技艺消亡的哀叹。这种“含泪的笑”与班宇《冬泳》中的“冷幽默”不同，更接近赵本山小品“悲喜交加”的民间智慧，但通过文学化提炼超越了通俗艺术的局限。

在叙事结构上，李金波采用了“碎片化生活场景”的拼贴手法。如《老海》中主人公于振海生活的片段式描写，与萧红《呼兰河传》的“散文化结构”异曲同工，但通过环环相扣的情节设计（如老海救人的多次闪回），赋予文本更强的戏剧张力。这种“形散神聚”的叙事策略，既保留东北民间故事“唠闲嗑”的随意感，又符合现代小说的艺术规范。

人物塑造：传统伦理与现代性困境的交织

李金波笔下的东北人物往往承载着传统伦理与现代社会的碰撞。以《舅舅大人在上》中的中医舅舅为例，其“信奉吃亏是福”的价值观与周遭“精明人充斥”的工商社会形成强烈反差。这一形象既延续了萧红《呼兰河传》中对东北民间“坚韧与愚钝并存”的刻画传统，又注入了对当代价值失序的批判。舅舅的“迂腐”被赋予道德理想主义色彩，正如李金波自己说的：“‘傻子’是稀缺资源，是对理想性格的呼唤”。

女性形象的塑造同样体现东北文化的双重性。《我姐》中的姐姐形象既具备东北女性的泼辣果敢，又在家庭伦理的桎梏中展现出一种隐忍。这种“外刚内柔”的特质，与杨知寒《一团坚冰》中下岗女工的“冷硬外壳下包裹温情”形成互文，共同构成东北文学对女性生存状态的深度挖掘。不同的是，李金波更侧重通过日常细节（如姐姐为家人腌制酸菜的场景）展现人物性格，而非仅仅依赖戏剧化冲突。

文化隐喻：地域符号的精神升华

李金波小说中的东北元素不仅是背景装饰，更成为文化隐喻的载体。《老海》中的松花江既是物理空间，也象征东北人“如江水般绵延的生存韧性”；《舅舅大人在上》的中医理论体系，则暗喻传统文化在现代化进程中的尴尬处境。这种“物象 — 精神”的双重书写，与迟子建《额尔古纳河右岸》中对自然的敬畏相通，但李金波更注重将地域符号转化为普世性的人文思考。

值得注意的是，李金波对“东北味”的呈现具有自觉的超越意识。在《我姐》中，他通过姐姐南下打工的经历，将东北地域性困境置于全国城市化背景下考察。这种“在地性”与“超地域性”的辩证，恰如阿郎《铁锈新鲜》试图“消解东北叙事刻板印象”的探索，但李金波通过更细腻的情感描摹实现了文化共鸣的升华。

李金波的创作实践表明，“东北味”不只是地域文化的简单复现，更是文学主体对地域精神的重构。他既继承萧红、端木蕻良等东北作家群“土地情结”的传统，又通过语言实验和叙事创新开辟新径。在当代文学“去地域化”的浪潮中，李金波以“东北味”为锚点，既坚守文学的本土根性，又实现艺术表达的现代转型。这种创作路径，为当代文学提供了“在地性与世界性”融合的范本。正如多家期刊编辑对其作品的评价：这是慈溪文学里程碑，更是东北文学基因在江南水土中开出的异色之花。

2017

听　潮　集

诗是疗救思乡的药

—— 沈建基诗集《旧雪集》[1] 序

汉语说“家乡”,“家”和“乡”连称，乡愁也就是想家的愁思。就是“思家病”。

我在沈建基先生的诗集《旧雪集》里，读到的便是一种浓稠的乡愁。这种乡愁与现在流行说的“乡愁”又不太一样。

我曾经说过,老沈的诗,是用心血淬炼成的。

老沈的人生经历，这本书的简介里没说。其实该说一说的。生逢一个不可能“计划”人生的时代，一切都是意外的，被动的，无从掌握的。为生存,更为避祸害,他开始了漫长的“逐花而居、养蜂为生”的 20 年流亡历程。命运带给他苦难，也为他打开了另外一扇窗，让他贴近了诗歌。于是我们才可以从他的诗中分享一种独特的生命体验。历尽了风雨,尝够了辛酸,四顾满目非故乡之人,细聆满耳皆异乡之语,于是不由自主地思念起家乡的岁月、童年的时光。于是在老沈的诗行里,星空、月亮、忧伤的云、孤独的影子、奶奶的旧纺车,这些意象时不时地出现。他说自己是“怀揣归心的人”，是“游荡在草原天空的一尾鱼”。望见绿草

[1] 沈建基:《旧雪集》,四川民族出版社,2017。

地上，呼朗巴的白毡房，飘起的是“一炷孤独的炊烟”。熬过了半个冬季，为自己从鼹鼠熬成候鸟而兴奋不已，“好像望见了故乡乌黑的屋顶”；可是，“向南渐次泛绿的沙山，并非自己的家乡”。最让人唏嘘的是一首源于天山北麓半截沟的《我想起母亲的白头发》，反复咏叹的是从冬到夏、从晨至昏，思念亲娘、思念家乡的愁绪：

一朵云就是一场雪　一场又一场
雪线一公里一公里逼近篷帐
—— 我想起母亲的白头发

秋阳明亮　打草人长镰闪动
嚓啦嚓啦撸出一坡秋的空旷

黄昏，老黄牛拖动一架牧草
吃力地爬着一道坡又一道坡
雪峰点燃夕阳　天空蓝得深沉
—— 我想起母亲的白头发

起风了　吹动一山阴郁
一架马车的影子走下山梁
缓缓地缓缓地在夕光里移动

身后的雪线渐行渐远

黝暗的山坡亮起一豆灯光

—— 我想起母亲的白头发

乡愁与母亲、童年、土地这些名词可以互换，又总是与朦胧、暧昧、惆怅这些形容词相联系，又苦又涩，有向往更有忧伤。淡淡的忧伤飘过他的眼眸，青青的地平线上有一朵忧伤的云。在老沈眼里，云是忧伤的，月是忧伤的，马的眼睛里时常“滑落一滴清泪”。

检视中西诗史，返乡的忧心是一个重大的主题。《沧浪诗话》说：“唐人好诗，多是征戍、迁谪、行旅、离别之作，往往能感动激发人意。”其实何止唐诗。

在沈建基的心中，诗是一种抚慰人心的力量，有着治愈创伤、修补破碎的“可塑力”，能够将过去的美好的东西，与眼前的亲和的东西融为一体。如他的《月亮有雨》所写：“今夜 / 南天低矮　月亮有雨 / 我无眠 // 流浪，流浪　夜太漫长 / 杏枝为什么年年开红花 / 酒干了　再满上”。他说：“诗于我，有如夜空的月亮。在艰难困苦的岁月，诗陪伴我，给我以安慰。假设天空失去了月亮，对别人来说，也许认为地球会照样转动，对我来说不敢想象；当天空只剩下黑暗，失去歌声，失去鸟鸣，没有月亮会是一个什么样的境地？”

他想家而不能回家，不能回家而更想家，这样，诗酒便成了唯一的纾解乡愁的东西，醉乡便成了他唯一的逃避之所。

诗，是对宿命的抗拒。

别无选择，唯有诗。

如今，年过古稀，儿孙绕膝，老沈是平和的，淡然的。可是，诗人似乎还在路上。整理旧作，或重写；踏上曾经走过的路，怀念，抑或感念？乡愁，继续成为他近年创作的题旨。他新近的诗作里依然有那忘不了的乡愁。他写道：“自酌三盅，一岁半的小孙女，举着空纸杯蹒跚而来。“‘阿爷 —— 阿爷 ——’，清亮的稚音，整个陋室瞬间敞亮。”可是，“门外，一棵老树抑制不住突奔的泪水”。那一年，夭儿也是一岁半，水灵得像根羸弱的豆芽，举着小木碗，“阿爸 —— 阿爸 ——”。

不要以为沈建基还沉浸在往日的痛苦里。不，他的诗是安静的，澄明的，充满了温情和力量。叙述苦难，但不止于个人的悲苦，谦和，更多的是悲悯；敏感但不脆弱。

此时，我想到了屈原，想到这位“流亡诗学”之祖。我一直在寻找沈建基诗歌的源头。我感觉，他是深受古汉语影响的。他说过，小学毕业前，凭旧蚊帐内一只墨水瓶做的小煤油灯，就看完了四大名著以及《东周列国志》《聊斋志异》《官场现形记》等，但更喜欢而且模仿的则是古诗词。初中时期，开始涉猎托尔斯泰、契诃夫、屠格涅夫、肖霍洛夫的作品，尤喜伏尼契的《牛虻》。经典的影响是无痕的。沈建基的诗作朴素，真挚。最朴素的语言，就是最美丽的语言。最动人的，是真挚 —— 他是“把自己也种进去”的诗人。

诗人们，带我们回家吧。

工匠精神与仁厚情怀

——读纪实文学《我和我家的创业》[1]

我是在偶然中遇到马信阳先生和他的《我和我家的创业》的。我感觉，这是“地方性写作”一个很好的样本，具有很高的历史价值和文学品性。我从几个侧面谈谈读《我和我家的创业》一书的感想。

“历史的切片”

首先，这本书为我们提供了一家三代跨越百年的创业史。这大概是从这本书的社会和历史价值说的。官方的志书、史书，为我们提供的往往是宏大的历史事件、重要的历史人物的概貌。其实，民间叙事也是不可或缺的，它与宏观叙事相得益彰，某种程度上，民间叙事更可亲，因为它血肉丰满，充满可感的细节，更能打动人心。

作家方方在慈溪的一次文学演讲中说过：一个个“个人”的历史，构成了一个时代的历史。读《我和我家的创业》，如翻阅一幅历史画卷：1907 年爷爷马礼全用木制的“土机器”轧棉花开

---

[1] 马信阳:《我和我家的创业》,中国文史出版社,2016。

始创业；1947 年父亲创业，先是出售棉布，后来为社办厂搞麻袋和土布产品的销售；一直到“我”，先是为社办厂跑供销，历尽千辛万苦，改革开放年代，与时代一起奋进，专注于纺织行业的设备制造，创造了多个业内的“第一”。马先生在前言中表示：写作本书，是想为时代留下一个见证，实录“前辈真实的生活状态”。我更认同马先生的另一个说法，即：为后来人提供一块“历史的切片”。切片，可以以小见大，为百年三北，为浙东经济、社会、文化提供一个可供分析、研究的样本。

这本书也是“地方性书写”一个极好的样本。它是带有地方文化特征、个人印记的历史书写。家乡特有的地理特征和独特产业，孕育了独特的文化（或称价值观）。这是杭州湾南岸的三北平原所特有的。正如“晋商精神”“闯关东精神”一样，三北大地孕育了慈孝、移民、围垦、商帮文化。一家三代的创业史，就是三北人民百年生存史、奋斗史的一个鲜活样本。而本书最可贵的地方在于，写艰难困苦，又超越了困苦。苦难得到了升华，被孕育成善良的珍珠。文学真正打动人心的不是苦难本身，而是人类与苦难搏斗的过程与痕迹，是人类对于苦难的超越与领悟，以及由此产生的宽广而深厚的爱。这本书不是自我张扬，不是自言自语，不是家族小史的浅表诉说，它的价值在于揭示了三北人普遍的命运。

“文学是人学”

我更愿意从文学性角度谈这本书。“文学是人学”。好的文学作品，有一个共同的特征，就是重在表现人的思想情感。文学就是要描写、刻画、研究人类最基本的情感，我们的喜怒哀乐，我们对父母、朋友的情感，对孩子的感情等。这样的情感实际上是全人类所共通的。本书充满了这样的情感和动人的细节，因此具有打动人心的力量。给我留下很深印象的是“我”小时候给爷爷陪床。1963 年，爷爷 84 岁，身体一天不如一天，夜间要有人陪护。大哥信飞在杭州读书，信厚、信棣都比“我”年纪小，胆子也小，爸爸认为“我”胆子最大，让“我”陪。这里的描写是细致动人的：“给爷爷陪床，我的任务就是在夜间爷爷咳嗽时候起来，把煤油灯点燃。等他咳嗽小了，再把灯关得小一点……”“我”夜间陪护爷爷，大致有两年多时间。反观现在，我们做晚辈的，还有这样孝顺这样体贴的举动吗？难怪那天座谈时，谈到这个细节，马信阳先生依然十分动容。

还有一节我也不会忘，小标题是“我没有兑现童年时对二婶的承诺”。文中写道，二叔因日本人投弹（可能是毒气弹）而蹊跷死亡，二婶从此寡居。而每每想起这位苦命的二婶，“我”总是莫名地伤感。在“我”创业初期，因忙于企业事务，“我”耽误了去看望病中的二婶，直到传来二婶离开人世的噩耗，“我”竟没有机会为二婶尽一份心意。作者在书中特别交代了自己小时候受二婶呵护，并答应二婶，长大后一定不会忘记她的。孩提时说出的这一句话，作者成年后一直没有忘却，曾在心里虔诚发愿，一定要给饱受苦难的二婶以关爱。如今，已步入老年的作者为自己未能及时行孝而痛心：“说什么都晚了，在我有能力孝敬她的时候，她老人家悄无声息地走了……”作者的自责是诚挚的，真切的。

这就是文学。一种普遍性的情感，包括内省，是文学能够包容全人类，文学能够走向宽广的最基本的因素。

这样的动情之处是贯穿全书的。你可以发现，对于很多人，作者都怀有感恩之情。书中可以读到很多人的名字，包括新疆喀什供销社陈树勋主任，对于他，作者有感激，也有歉疚。包括对一些矫枉过正的改革举措伤害到员工，作者也有着真诚的反思。

可以说，全书饱含真挚的亲情、友情，真挚的爱，宽厚，克制，沉稳——与干事业的锐气，可谓相得益彰。记得汪曾祺先生说过，写作不要有怨气。马先生经历了颇多艰辛困苦，但文中没有一丝戾气，全书洋溢的是谦和、仁厚和善意，往深一层说，是对于“仁义礼智信”深厚家传的承续。

“睁大好奇的眼睛”

我要谈谈文笔。马先生的文字如此清新流畅，这是出乎意料的。读此书，是一次愉悦的旅程。尤其从叙述童年趣闻轶事开始，文字愈发流畅，生动，率真，趣味横生。如写儿时在浒山看姚剧的那段：“浒山的这两场姚剧演出，让我记住了一个戏里的角色：刘巧儿。巧儿形象俊美、口齿伶俐、手脚灵活，以至于在我脑海里扎了根。看完戏，我甚至还在莫名其妙地琢磨着一个问题：什么时候，要是我家里也有这么可爱的一个‘巧儿’，那该有多好呀！巧的是，过了些年，家里真添了一个小妹，爸妈还没给她取名，我信口对爸妈说：就叫‘马巧儿’好了。爸妈居然没有反对，小妹真的取名马巧儿了。”多么童真，多么有趣味。而且准确客观，内敛，节制。

生性好奇，可能是马先生日后创业成功的禀赋，也是这本书成功的重要因素。因为好奇，作者对生活便有了细致入微的观察。我们读马先生对家乡风物的叙述，其中如“铜钉补碗”的三道工序等，足证作者自小就有超越一般的观察力。当然还有文字叙述的耐心。写作是苦差事，磨人的。马先生经历了那么多磨人的事，历经八年研发输纱器，屡试屡败，屡败屡试。创业成功靠的是意志力。现在，马先生把在事业上的“工匠精神”发挥在了写作上。在马先生身上，既有工程师追求的精确、理性，又有“文青”的细腻和敏感。在我看来，马先生是一位具有非凡学习能力的人，尤其有求知若渴的学习劲儿。在那个文化匮乏的年代，马先生靠眼和耳这些原始设备“接收”大自然的影像和音频，“收看”漫天霞光、一河清水，“收听”雷声隆隆、浪潮拍岸，不经意中练就了“童子功”。年轻时家乡的农村是贫瘠的，唯一可以读到的文化作品是大队办公室（在他家隔壁）订阅的一份《浙江日报》。想起这些，他至今仍感慨不已：“很多时候，从生产队劳动归来，当我看到有新的报纸到了，便忘记了一天的劳累，甚至在脚上的泥土都没有洗去的情况下，就捧起报纸阅读起来。在这个举动中，既有我对知识的渴望、有吸纳外部信息的自觉，也包含着我对外部世界的一份好奇。”他戏称自己有一个“不太好的习惯”：走路时只要发现即使是一张带铅字的残纸片，都会捡起来阅读。也许，正是这种对世界的好奇，对文字的深度契合，让他有了文学创作的潜质。凭着这种潜质，一位经历丰富的创业者，在古稀之年成就了文学梦。

2017 年 5 月 5 日

《放飞的童心：慈溪市原创儿童歌曲集》[1] 序

我喜欢听童声。老家附近有一所幼儿园，常有带着稚气的童声传来：“小螃蟹走路呀，横着走；小青蛙走路呀，跳着走；小企鹅走路呀，摇着走；小朋友们呀学走路，挺胸昂首雄赳赳……”那是多么美妙的乐音。我不由自主陶醉其中。我常想，假如没有音乐，孩子们的生活该是多么乏味。

儿童歌曲从哪里来？靠有爱心的艺术家创作出来。今天，《放飞的童心：慈溪市原创儿童歌曲集》为孩子们献上了一份大礼。

这份大礼有营养——让心灵美起来。

童心是纯洁美妙的，如同一方洁白的纸张，有待我们去描画，去着色。好的儿童歌曲可以让孩子们在吟唱中潜移默化受到影响，懂得是与非、美与丑、好与坏，心灵受到滋养。《会说话的手指头》唱道：“小拇指，勾一勾，说话不算是小狗；大拇指，竖起来，互相鼓励来加油；五指一攥是拳头，困难再大不犯愁……”孩子们边唱边合着音乐做动作，一些做人做事的道理，

[1] 中共慈溪市委宣传部、慈溪市教育局、慈溪市文联编，张广主编《放飞的童心：慈溪市原创儿童歌曲集》，中国戏剧出版社，2017。

润物细无声地渗入了幼小的心田。

这份大礼有智慧——让头脑活起来。

儿童喜欢幻想，他们常常想到星月以上的境界，想到地面以下的情形，想到花卉的用处，想到昆虫的语言；他们想飞上天空，想潜入蚁穴。幻想是孩子们在生活中的奇思妙想，是他们纯真心灵的一种大胆的无拘无束的表露，也是一种智慧聪颖的反映。好的儿童歌曲可以激发儿童的想象力。《郁金香和星星》就是这般充满奇思的好作品：“地上一朵朵郁金香，高举着望远镜看天上，看到一颗颗星星，想问星星为什么忙？天上一颗颗星星，忽闪着好奇的眼睛，想问地上的郁金香，举着酒杯为啥喜庆？”哦，那是天地之间遥远的问答，那是关于天象与自然的扑朔迷离的幻想。这幻想的彩翼引领着一颗颗稚嫩的童心，激活孩子的智慧，去向往未来的世界，去探索生活的奥秘。

这份大礼有音乐——让耳朵灵起来。

音乐能够陶冶性情，产生美感。会听音乐的人，能从声音里听到花开的笑声、雨落的轻唱、草原的羊叫、大海的浪吼。这就需要培养一副灵敏的耳朵，去聆听音乐的美妙。《花开的声音》唱道：“哗啦啦，哗啦啦，是雨花开放的声音；啪啪啪，啪啪啪，是伞花开放的声音；哈哈哈，哈哈哈，是心花开放的声音。”从哗啦哗啦的声音里，你是否听到了交响乐？从滴答滴答的声音里，你是否听到了奏鸣曲？善于在歌声中聆听，增强对音乐的敏感，不就培育了灵动的耳朵吗？

这份大礼有律动——让四肢动起来。

律动充满动感，充满活力。律动，能够让人情不自禁地手舞足蹈起来，让心情愉悦起来，让性格活泼起来。律动，能够产生动力，让生活有欢快的节奏感。《萌萌哒》带给儿童的便是这样一种节奏感："太阳红了萌萌哒，花儿开了萌萌哒，蝴蝶飞了萌萌哒，小鸟叫了萌萌哒。萌萌哒萌萌哒萌萌哒，快乐时光萌萌哒……"唱着这样的歌，孩子们会不由自主地动起来，跳起来。当孩子们动起来、跳起来的时候，整个身心不就充满活力了吗？

童心，是一个多彩的万花筒，是一扇天真的智慧窗，是一首壮丽的人生梦幻曲。放飞童心，让孩子们拥有一双美丽的翅膀，是我们的心愿。于是便有了这本《放飞的童心：慈溪市原创儿童歌曲集》。这是慈溪音乐家大朋友们献给小朋友们的礼物。愿小朋友们随着美妙的音乐唱起来，动起来！

2018

听 潮 集

海涂地上建起来的文学空间

——《一条搭上时间慢车的河流：溪上文学年选2017》[1]序

每年整这样一本年选，市作协每一位会员可展卷抚摩身边同仁的文字，以慰藉劳累的心；关心溪上文学的朋友，可透过此卷，了解海涂地上长出来的文字，海涂地上建起来的文学空间以及生活于此的人们的所感，所思，所愿。

作为溪上文学的参与者、见证者，每个人都可以谈出许多对这片土地上的写作者及其创作的印象。但要写在这样一本书的前面，却也是一件冒险的事情，我且鼓起勇气，说一说对溪上文学的总体印象，当然主要是对每一天都在生长着的当下文学创作的观感。

印象一，"移民地"的特征。三北平原是一块大海赐予的土地，自然的伟力与人力的结合，造就了这样一个看来有点富庶又有点自足的家园，这里千百年来聚集了来自全国各地的讨生活的人。现在我们有个说法叫"新老慈溪人"，这是个不错的称谓，它反映的正是慈溪这个地方的移民特征。我们称呼大拨随着改

[1] 方向明主编《一条搭上时间慢车的河流：溪上文学年选2017》，文汇出版社，2018。

革开放大潮而来的创业者为新慈溪人，其实，放在更长的时间背景里，我们都是新慈溪人，我们的源头可以追寻到古越地、中原各地、八闽大地等。于是，包容成了这个城市的一种品性，而文学上也非常充分地显现了这一特性。无论是创作主体的构成，还是创作内容和创作方法的呈现，都体现了这一点。这里，可以闻到海腥味，也有黄土味、麻辣味，正如这个城市夜排档的味道，沿海和海滩的地理特征十分突出，小海鲜生猛鲜活，三日不吃没劲道，但也有很强的兼容力，东西南北中各种风味特色在此都可品尝到。于是，有了双杰的藏书家和书商的故事，有了诗人们对于海涂地的吟咏、对江河的诉说，有养蜂人逐花而居的浪漫与辛酸，有窥视族中人事记述老家众生的卑微和忍耐；也有正宗东北味的《老海》，有渭河儿子"坐南望北"的思念，有布依族青年立于六塘向着《对门坡》的怅望，更孕育了叙写新慈溪人心路的作品。正如大海赐予我们土地，溪上文学也是时代对于这片土地的馈赠吧！

印象二，不囿于生活空间的宽阔视野。溪上文学的视野，不是慈溪的，而是中国的，甚至是世界的。立足于土地，却绝不局限于这块土地。承续的或许是水系相通平原相连的浙东风绪，他们与大中国的文学前沿无缝对接，与大中国文学的脉搏一起跳荡，服膺大家却绝不迷信大家，学习借鉴却不忘独立思考；他们或许承受了海涂地走出的带着三北方音的憨厚老人译介的西方现代派文学的影响，这里尽可以看到卡夫卡、博尔赫斯的影子，乃至奈保尔、门罗……他们自觉或不自觉地守着一种较高的品位，探寻着一种风味，追求着一种格局。可是，他们中的许多人又习惯于低调，谦逊，不急躁，不冒进，如一条“搭上时间慢车的河流”，平和，却永不停歇。

印象三，不可限量的创造活力。是适合文学新人生长的生态使然，还是文学种子自身的生长力使然，或是两者的结合吧，使得这块土地上总有新的力量次第成长。“80后”有一串长长的名单，“90后”也蔚然成林。这里，时不时给人带来惊喜。这个年选本里，我们便收获了许多欣喜。德根是个诗人，为我们奉献了《对门坡》系列散文。老沈出了七本诗集，写起散文来也出手不凡，其独有的人生经历与诗人气质，熔铸了他的心血之作《师父》，更可期待的还有《天上有太阳，水中有月亮》系列散文，诗人的散文带给我们一种新的意境和语言方式。俞妍的短篇小说近年频频在国内重要期刊亮相，偶尔出手写散文，小说家的老练和洒脱，读来快意酣畅。或许可以称之为“跨界”？其实，文学体裁之间并无不可跨越之鸿沟，敢于打破所谓界限，敢于吸收各种体裁之优长，本来就是文学先驱们的不二法门。如果说此也是一种创新，我们正是要呼唤更多这般的创新。

一个年选本，有没有自己的追求？我们事先似乎并没有编选理念写于纸上，但我们心里有，这便是：文学性。文学性的要求很多，最重要的是什么？余华谈到文学创作时曾说，作家在现实面前可以谎话连篇，满不在乎，甚至可以自私、无聊和沾沾自喜；可是在写作中，作家必须是真诚的，严肃的，满怀同情与怜悯之心的。余华的意思肯定不是鼓励作家变得虚假和做作，而是要求作家，对待写作要比对待生活多十倍的真诚，使写作尽可能多地传达出自我高贵和尊严的一面。我们要常常提醒自己，写作不是用智慧来证明一些生活的经验和遭遇，而是用作家内心的真诚去证明存在的残缺和意义，以及人里面可能有的良知和希望。

谨为序。

2018 年仲夏

《一条搭上时间慢车的河流：溪上文学年选 2017》编后记

1

名不正则言不顺。先说说书名。这是一本慈溪作协会员作品年选，直接这样取名似无不可，但少了点文气，更不能体现慈溪文学不囿于一域的开阔性。得方家指点，取其中一篇名作书名，或许更契合一本文学作品选集的风格。胡新孟散文《一条搭上时间慢车的河流》受到散文大家陆春祥先生激赏，其怀土情结和叙述腔调在溪上作者群中颇有代表性。报出版社后，编辑老师十分赞赏，遂以此名之。

2

全书收有58位作者的近80篇（组）作品，按小说、散文、诗歌、评论编为四辑。散文篇目较多，又细分为“故土”“怀人”“行旅”三小辑。每辑（包括散文每小辑）之首尾篇目，一般为较有代表性的重点作品。

3

年选没有特别的门槛。征稿启事关于投稿要求较为宽泛，2017年发表的作品均可推荐，未发表的优秀作品也可，也是为会员提供了一个亮相的平台。编稿中尤推重有新意、有探索性的作品，并力推新人。文学评论大多是对本地作品的评说，也是一种倡导。

慈溪作者众多，作协会员即数以百计，这里编选的，只是自愿投稿的部分作家作品，并不代表全部。溪上作家创作的文字量是一个庞大的数字，远不是这样一个集子所能包罗的。一定会有遗珠之憾，一些作品还因篇幅有限而割爱，望给予理解和谅解。出版社严格三校，并从文学审美角度对部分作品做了适当修改，个别题目也有改动，编者还邀请本土专家认真审读二过。我们希望拿出一个较好的选本，但由于时间紧，工作量大，加之编者的识见和水平有限，书中一定还会有错讹之处，编辑工作也定有可以改进之处，恳请方家和广大会员不吝指正，以期在今后年选编辑出版时做得更好。

4

编选的过程，于编者而言，是学习的过程，也是不断交流取得共识的过程。比如关于方言问题，我们展开了充分讨论，达成了适当保留方言表达的共识。小说《陪夜》和《才子》说到心里紧张，有“心肝别别跳”或“心不由得别别跳”一类的句子，如果改成“心肝怦怦跳”，就失去了应有的力道。我们感到适当保持有表现力的方言表达，是必要的。散文《远去的河埠头》中，二叔父骑在树丫上“咪酒”，是很惬意地小口饮酒，若是改成“喝酒”，就少了味道。有些方言歌谣、俚语，不一定找得到对应的汉字，我们尽量选择语义相近的字词。比如，“荷花荷花庞庞开”已改为“荷花荷花蓬蓬开”，也许更恰切些。

5

本书能付梓出版，首先应当感谢为此提供经费支持的马信阳先生。2017 年 10 月，我市资深企业家马信阳先生出于对文学事业的厚爱，个人出资 20 万元人民币，用于本届协会 5 年期内 5 本会员作品年选的出版。在此向马信阳先生致以谢忱和敬意。

本书也是作协理事会和出版团队协力合作的成果。从策划到征稿、初选、终选、校对直至付印，都是在作协理事会领导下开展的。稿件汇集分别由俞妍（小说）、峻毅（散文）、陈德根（诗歌）、胡遐（评论）承担。初选和终选篇目由编委会和出版社集体商定。协会秘书长谢胡坚承担了一些具体编务工作。在此，向出版社团队和协会同仁，向每一位为本书出版付出辛劳、给予关心支持的朋友致以诚挚的谢意。

6

期待 2018，能看到更多真诚和有鲜明印记的作品。

是的，你的印记。

戊戌小暑　半亩方塘

发现个人内部的人性景象

—— 胡新孟小说集《要我怎么说才相信》[1] 序

我对我即将阅读的东西总是充满好奇，好像我刚刚学会阅读。那些早就暴露出格式的小说，我拒绝往下阅读。阅读小说的过程，应当像写作本身一样神奇。

新孟有一篇小说叫《迷路》。读它，就让人有一种好奇，像走进了大山里，不知道下一个出口会在哪里。《迷路》里，有一个城里人，在大山里果真迷路了，是"父亲"帮他走出了山。可是，"父亲"今天到了城里，不会也迷路了吧？有人在山里迷路，有人在城里迷路，不知"父亲"是否找到了那个曾迷路在山里的城里人？

新孟的《迷路》很有些代表性，代表了他的一种风格和追求。他不喜欢被确证的唯一性，而喜欢多义和歧义，因而也显得更加丰富些。

在很长的时间里，我们热衷于欧·亨利式的结尾，经常在小说结尾时突然让人物的心理情境发生出人意料的变化，或使主人公命运陡然逆转，出现意想不到的结局。可是，不幸的是，这样的写法成了一种模式，一种套路，渐渐让人腻烦。一种艺术形

---

[1] 胡新孟：《要我怎么说才相信》，慈溪文丛第三辑，宁波出版社，2020。

式一旦模式化了，便无趣了。

新孟的小说有自己的追求。这样的追求，正如他的小说一样，不是一两句话能够概括的。有人说，文学史和文学是两驾马车；文学史言说和文学言说各有其生命本能，一个是尽可能说清楚，条分缕析，一个是尽可能回到微妙、丰富和歧义中去。好小说总发生在逻辑之外，意义之外，道德评价之外，伦理属性之外。每一次叙述都是对好小说之神秘标准的一次追寻。

比如《我们的阿强》。《我们的阿强》可能是新孟小说最早给我带来阅读冲击力的一篇，改变了我对小小说“模式化”的印象。阿强是村里人眼中最有出息的大学生，修飞机的。可是十多年没见阿强回来，村里人便想象起阿强的种种，阿强的威风，阿强的尊贵，阿强的显赫，等等。越是见不着，越要说道他。想遇上他，却一直遇不上他，这成了村里人的一块心病。小说写的是一种微妙心理。说的好像是村里人的心理，可好像又不只是村里人。小说造成了一种无法言说的意味，丰富而充满歧义。新孟的小说里，没有直白的意识形态呈现，没有任何形式的灌输意图，以及任何教训人、说服人、感染人的愿望。读他的小说，你会感到，他不愿意用小说指向某一个预设的东西，表达一种清晰的单一的意识形态或审美趣味。模糊，也许正是他小说的追求。

许多作家都有好大喜功的传统，喜欢在作品里谈论惊人的命题，做出伟大的结论，里面却找不到多少人性的气息。他们的体验方式是整体主义的，却缺少个人的、真实的、触手可及、来自生活本身的细节。整体主义的致命之处在于，它不是从个人真实的欲望出发，完全无视人性，完全漠视此时此地个人所面对的生活，造成对生活的麻木。新孟显然不是个好大喜功的人。他写作的资源，存在于生活的缝隙中，没有敏感的心灵或很强的精神警觉，是无法发现它们的。他的写作可以证明，他很实在地生活着，并且心灵上与那些生活细节有着亲密的关系。他就在生活中，于是他的小说里有了一群生活里的小人物。比如住架空层的女邻居，比如踏三轮车的蒋小林，比如出海挂个酒葫芦的安老头。

读胡新孟，有时会想到卡夫卡（我并没有想把胡新孟与卡夫卡相提并论的意思）。卡夫卡的注意力一直都在他的自身，他的病，他的焦虑，他最琐碎的日常生活，他一切的追问和描述都是从这里开始的。1914 年 8 月 2 日，卡夫卡的日记里只有两句话："德国向俄国宣战。—— 下午游泳。"这是非常奇特的，他把一个无关紧要的个人细节与世界性事件放在一起，体现出卡夫卡的写作原则。他的写作和生存不被集体记忆所左右，他坚守个人面对世界的立场。卡夫卡捍卫了人类空间中最个人和内部的东西，这几乎是对卡夫卡的最高评价。风起云涌的外在世界，很容易让作家的眼光转向大而无当的口号、理想、人类、未来、乌托邦等集体记忆的事物，而彻底遗忘个人内部的人性景象。而重要的是，作家应当努力以人性的个人记忆，保存一个个真实的个体。个人的缺席，人性生活的缺席，是文学内部真正的匮乏。作家们往往过于注重和强调作为时代代言人的身份，而在写作中将更有活力的此时此地的个人经验忽略了，或者根本没有注意个人存在于这个世界可能有的细节。

这样的细节，在胡新孟的小说里俯拾皆是。我们可以看一下《女房客》的细节。“我问她干什么活，在哪儿上班。她有些支吾，微微笑了笑说，打工。”“只有那次是个例外。她开了门，却没有让我进去坐坐的意思。她说：‘你等一等。’回身进了卧室。卧室开着的门让我看到了房间的一角。我望见她背着身在床头柜上的那只皮包中翻找。边上的电脑打开着，发出蓝莹莹的光。电脑边上摊着一支口红，一盒粉饼和一面打开的小镜子。一角被子掉在了地上。正当她从皮包里拿了钱转身出来的时候，我分明看见了从粉红色被子下面伸出来的那只大脚。”“想起她打开钱包的一刹那，我看到的那张夹在里面的照片。照片里的孩子虎头虎脑，仰着头，微笑着，阳光洒在脸上。”

几乎就是细节在推动着叙述，而人物就在这样的细节里活泛了，个人内部的人性景象透过这样的细节，呈现在我们眼前。

胡新孟是在追寻好小说的标准，以他的叙述。

好小说的标准是神秘的，新孟的小说也带着点神秘的色彩。每一次都不太一样，因为好小说不只是一种标准。

戊戌桂月于半亩方塘

2019

听 潮 集

读书是门槛最低的高贵

——《好书伴成长》[1] 序

我知道,你是一个喜欢读书的孩子。

可是,为什么要读书呢?

我讲一个故事。

据说,史学巨著《英国史》的作者麦考莱曾给一个小女孩写信。信上说:“如果有人要我当最伟大的国王,一辈子住在宫殿里,有花园、佳肴、美酒、大马车、华丽的衣服和成百的仆人,条件是不允许我读书,那我决不当这个国王。我宁愿做一个穷人,住在藏书很多的阁楼里,也不愿当一个不能读书的国王。”

这世上,有些人就是嗜书如命。他们或者是饱学之士,或者像麦考莱一样功成名就,或者只是做一个默默无闻的精神富翁,一辈子活得充实又坦然。

董卿有一次接受采访时说,在她生命里难挨的那段岁月里,是书给了她力量。尤其是莫泊桑的一段话,真正地激励到她。

“生活永远不可能像我们想象的那样好,但也不会像我们想

[1] 慈溪市新华书店《好书伴成长》编委会编《好书伴成长》,宁波出版社,2019。

象的那样糟糕。无论是好的时候，还是糟糕的时候，都一定要坚强。人的脆弱和坚强都远远超乎自己的想象。”

阅读，就是这样。有时候不经意的一个故事，甚至短短一句话，能影响你一辈子。不论男女，不管贫富，你读过的书，都会像你吃过的食物一样，营养被你吸收之后，内化成你的气质、你的谈吐和你的胸襟。

严谨的国际阅读率比较研究显示，当下韩国国民人均阅读量约为每年 11 本，法国约为 8.4 本，日本在 8.4—8.5 本之间。全世界每年阅读书籍数量排名第一的是犹太人，平均每人一年读书 64 本。

犹太人是世界上唯一一个没有文盲的民族，就连犹太人的乞丐也离不开书。

当孩子稍稍懂事时，几乎每一个母亲都会严肃地告诉他：书里藏着的是智慧，这要比钱或钻石贵重得多，而智慧是任何人都抢不走的。

读书，是世界上门槛最低的高贵举动。

只要付出一个汉堡的钱，便可以得到一个作者在一段岁月乃至一生的知识、思想与体验。

“吾生也有涯，而知也无涯。”这是庄子的话。

一本书就像一艘船，带领我们从狭隘的地方，驶向生活的无限广阔的海洋。

阅读可以丰富人的心灵，陶冶人的性情，提升人的精神境界和塑造完美的人格。研究表明，人在少年儿童时期的感受力最强，是最适合阅读的黄金时期。少年儿童时期的阅读，对于他今后成为什么样的人有决定性的影响。所以，真正的阅读要从少年儿童开始。最优秀的孩子往往是最善于阅读的孩子。

爱读书的人说，读书是最幸福的事。

博尔赫斯说，如果有天堂，一定是图书馆的模样。

别小看孩子们的想象力

——《我爱慈溪：2017—2018年少儿绘画活动获奖作品集》[1]序

翻阅画册，孩子们的画作给我带来强烈的视觉冲击，脑子里跳出一些词儿，“天性”“创造力”“想象力”等。面对这些灵性十足的画面，我想说，不要小看孩子们的创造力和想象力。

真心钦佩孩子们的想象力！有一幅作品叫《相印》，岑思齐小朋友画的，非常有意思，上半部是现代化的摩天大楼，下半部是水中的倒影，倒影里是什么呢？是古色古香的白墙黑瓦，分明是鸣鹤古镇的风貌。这就是创意。你尽可以说，这是穿越，时光机在玩着魔法，正看倒看差了几百年；你也可以说是古今交融，现代与传统交相辉映。或许，这件小小的作品，无意间说出了一个大大的道理：城市因传统而深厚敦朴，也因为开放而充满活力。

更令人惊喜的是这一幅作品：陈奕妮小朋友画的桥梁，构思很独特，左边是古镇水乡石桥，右边是摩天大楼新景观，令人称奇的是，小画家将古老和未来巧妙地沟通了，用一座桥梁，将

[1] 慈溪市新华书店编《我爱慈溪：2017—2018年少儿绘画活动获奖作品集》，浙江人民美术出版社，2019。

象征着传统和创新的两种文化，无缝对接了起来，这不是神来之笔，又是什么？

大人感受的世界，是现实的存在，看到了，才相信是真的，是好的。孩子们却不同，在他们的心里，主观想象往往就是真实存在，也就是心里怎么想就怎么画，只是控制画笔的能力还不够娴熟，因此孩子的画与大人的评判标准会有差距。可是，他们有画不像的自由。因为，画得像，并不是绘画艺术的最终目的。绘画的真正意义在于满足孩子涂鸦的欲望与本能，让他们养成独立创造的习惯，并且勇于表达自我。

正如一位儿童发展心理学家所说："艺术能够帮孩子学习阅读、写作和恰如其分地自我表现。"如果父母和老师太执着于绘画结果，并对技巧过于紧张，就会忽略了最珍贵的天性和原创力。

知识可以教，但创造不能教。一句话能点亮孩子的艺术人生，一句话也能泯灭一个绘画天才。一次活动，一次创作，对于孩子的影响，也许是一辈子的。抓住迸发火花的关键期，孩子将受益终身。

你看，好几位小朋友画作的主题叫"童眼看慈溪"，说得多好！用来作整本书的名字也很贴切。"童眼"看家乡慈溪，就是这本书的主题。妙就妙在"童眼"，好就好在"童眼"，以孩子的眼光观看，以孩子的心灵感受，以孩子的笔触创作，画出孩子眼中的慈溪，画出孩子心中的家乡！

感谢本次活动的组织者，你们给了孩子们一个表达自我的机会，也给成千上万的父母和老师提了个醒：不要伤害孩子画画的天分和积极性。

让孩子们热爱画画，让孩子们的创造力和想象力充分地释放出来！

《虚构一场雪:溪上文学年选 2018》[1] 后记

1

那么,就虚构一场雪吧
让山川和河流从雪原走向远方
我的马车又在哪儿?

世界喧嚣与我无关
多少人正在路上还　在路上
我只听麦子雪下的呼吸

一直在寻找,一个好的书名。读到沈建基先生的诗句,顿然妥了。虚构是文字匠的事业。虚构比真实更真实。

2

溪上文学如一股清流,不断有新的力量汇入。我们听到了

[1] 方向明主编《虚构一场雪:溪上文学年选 2018》,团结出版社,2019。

淙淙的玉石般的声音，这股水流变得更加富有生机和活力。

许多青春的名字，青春的文字，清新地出现在这里。童莹的小说《东风如意》，新诗《燕园四十五楼秋》，出手不凡，受到国内大刊青睐。郑超的小说，跳脱、轻盈。沈渊的新诗，新锐而不失典雅。车凌哲的新诗《捕泡泡的孩子》，透出“90后”的清新、别致，挡也挡不住。于小涵的散文《多多》，讲述与一条松狮犬的故事，有伤感，也有缱绻。

2019年，胡飞白入选《诗刊》社第35届“青春诗会”，以青春的姿态，为溪上文学带来欢欣。

3

《哲学的牛》是2018年溪上散文的重大收获，昭示了溪上散文的一个向度——厚重和诗性的方向。这个收获，来自布依族诗人陈德根。《哲学的牛》是作者亲身经历的事和人，但你尽可以当小说读。或者叫诗性散文。已经做了父亲的德根，回想童年和家乡的往事，工笔兼写意，精准而诗意，又像连着大脑打印出一张脑电图，沟沟回回，曲曲折折，起起伏伏。

4

溪上文学自有超迈和坚守的风度。俞妍一直保持着很高的水准，不徐不疾，标示着溪上小说的走势。而对于岑燮钧而言，2018年是其小小说的“燃爆”之年，频频亮相多种期刊，多次登上《小说选刊》等大刊。潘玉毅是溪上作家中的“劳模”，《姆岭之下是吾乡》是他献给家乡的礼物，以回望的方式致敬童家岙文明。他是“80后”，却也透露着怀旧的情愫，对于过往的怀恋和省思。虞建迪的文字，繁密而带着一种古意，别有风致。陈孟尔的新诗，厚积薄发，与其书道一起渐入佳境。张寒依旧“坐南望北”，《在病房，听母亲说梦话》依旧深沉、缠绵。母亲的话，像是对“我”说，又像是对自己说，又像是对谁都没说，她只是这样习惯性地絮语，如公园里飘飞的柳絮，轻轻地萦绕在“我”耳边，从不重重地敲打在“我”心里。

5

许多好文章，是时间给有心人的馈赠。阮龙岳《胜山兰街戏》，许永涛《乌山看花随想》，沈国章《买菜记》，都是这样的馈赠。他们用文字与时间抗衡。自然，文字也没有辜负他们。是的，文字从来不会辜负喜欢它的人。比如沈碧荷，近年创作颇丰，真切而质朴。

许多文字，是一种偶遇。胡遐《看见二十年后的自己》，便是偶遇的产物，淡淡而来，淡淡而去。

6

有人对美国人和中国人的写信方式做过对比分析，美国人一般会把重要的事情写在最前面，中国人则喜欢先拉一段闲话，最后说的才是最重要的。说了一堆闲话之后，说几句重要的话：感谢热爱文字的资深企业家马信阳先生，是马先生的慷慨成全了这桩好事，使得这五年溪上作家们的文字能够以一年一本书的形式，呈现在世人面前，也为时间存一份档案。

2019年仲夏于半亩方塘

2020

听　潮　集

在他乡守着“故乡”

—— 张广诗集《喝醉的酒瓶》[1] 序

张广是谁？

读这本诗集，就认识了。

他有这样的“自我介绍”：一个被小麦喂大，却早已习惯了大米味道的人。

读他的诗，常见的意象是：落日、烟囱，小麦、石磨，小满后的谷仓、村口守望的老娘……

是的，他是一个远离故乡的人，因为远离，他成了一个寻找故乡的人。他说，“大风把我的故乡吹走了 / 我四处寻找”。

诗，成了他治愈思乡的药方。

美国作家托马斯·沃尔夫说：“认识故乡的办法就是离开它；寻找故乡的办法，是到自己的心中，自己的记忆中，自己的精神中以及到一个异乡去寻找它。”

他不停地寻找。

坐在“海如别院”，他寻找，“不为别的 / 只等待一只鸟从我

[1] 张广：《喝醉的酒瓶》，宁波青年作家创作文库（第 6 辑），宁波出版社，2020。

头上飞过”“我知道有些往事，像门口永固锁一样生锈/但有些/和门窗的不锈钢一样锃亮”。

在异乡寻找，不停地寻找，遇见的都是故乡的物件，故乡的景致。独自在“藕池”伫立，听它不紧不慢地述说“潘岙村”的心事，其实他听到的是故乡的心事，“墙上斑驳的语录”“浣衣女脚下的石板”，眼前皆是故乡！——“在这里/我和童年只隔着一个夜晚”。

对一个写作者来说，诗歌首先是一种情怀，从一开始就必须有一种真诚的态度——真诚地面对世界，面对自我。读张广的诗，我感受到了这种真诚的态度。

张广心中的故乡，是物态的，更是精神的。他用文字构筑了一个文化的“故乡”。从安徽阜阳来到浙东好多年，张广在浙东的另一个身份是：“非遗”保护和传承工作者。于是，在路上，他会“遇到东渡归来的徐福”；在上林湖，“在后司岙支一口锅/煮出三国五代的颜色”。

张广是谁？张广是一个儿子，一个丈夫，一个父亲。当朗读《亲情的账本》一辑的时候，我感受到了一个男人的柔软。我知道，在大多数人的心目中，诗歌既非“不朽之盛事”，更非“经国之大业”，也许只是人们（写作者和阅读者）内心残存的那一点点柔软。但我要说，正是因为有了这“一点点柔软”，诗歌就有了存在的理由，我们才更需要诗歌。读这些诗，我对诗人有了更多更切实的认识。这些诗篇，质朴、克制，却又汹涌而来。

如今,提着装满月光的菜篮子
我要用万家灯火和露珠写诗
梳理亲情的纹理
给他们一个三头六臂的拥抱

这是儿子写给母亲的:“小时候 / 我每想妈妈一次 / 就会多吃一个苹果 / 就会长高一寸 // 如今 / 我每想妈妈一次 / 家里就多一份老家的美食 / 妈妈就矮一寸”(《每想妈妈一次,妈妈就矮一寸》)。

这是爸爸写给女儿的:“女儿的每一句话 / 都是父亲的一道门 / 自己成了女儿的难民 / 在她词语的河流里流浪”(《女儿的话是父亲的门》)。“每一次 / 我都像学生一样认真地听 / 而后,女儿在我额头按一下 / 奖励我一颗聪明豆”(《幼儿园》)。“女儿画的小人 / 都有一头长发 / 而且总是面对自己 / 我为她高兴,因为 / 看到别人的正面 / 也就找到了生活的出口”(《比葫芦画瓢》)。

这是献给姥姥的:“思念一头栽进黄土 / 第二年清明 / 长出一串串红色的鞭炮”“背得动一冬又一冬的寒冷 / 却抿不了一口红酒和‘脑白金’的甘甜 / 裹脚布松了 / 日子红了 / 你却走了”“烧一刀纸 / 放一挂鞭 / 磕一个头 / 抓住坟头的一把枯草 / 就如同抓住了你的衣襟……”(《姥姥》)。《亲情的账本》这一辑里,还有《父亲》《六爷》《顶针》等诗,情很浓,很真。情真才有诗情。

张广还是一个思考者。他阅读，他思索，有时“牵着蜗牛散步”，有时“以蚂蚁的视角仰望”，甚至把每一天上班“都当成一次修行”。《流泪的经文》中有对自然、社会的省思，《时光的物语》里有对物候、符号的解读。

张广是谁？归根到底，他是在异乡守着“故乡”的人。

你听，张广心中埋得最深的还是“故乡”，连老家带来的两只鸡，它们的每一声鸣叫，“都唤醒了我的乡音”呢！

庚子春节于半亩方塘

《来源于大海的身世：溪上文学年选 2019》[1] 序

“来源于大海的身世”，出自沈渊的一首诗。开头两句是：“父亲既是电工，又是渔夫 / 他说：你是我从海里打捞上来的”。诗写得很有意思，“我哪会那么轻易地相信他 / 直到他提供了更多的细节”。父亲说，刚把你打捞上来的时候，从你的耳朵里倒出了一斤多的小鱼；还说，你头上的伤疤，就是当时木桶上磕的；更能说明问题的是，刚上岸的时候，我们只能把你养在水缸里，还得不断地往里面倒盐。

看来，父亲是个会讲故事的人。

忽然，我被激灵了一下——我想到了另一种身世，一个地方的身世。

我们生活的这片土地的身世，学者们已经给我们勾勒了一个大概。南部丘陵地带，2 亿年前隆起成陆，并在其后的地壳运动中产生皱褶、断裂，形成了起伏曲折的骨架。以后，在距今 10 万年至 1.1 万年间，这里经历了三次大规模的海侵，“极盛时山丘尽

[1] 方向明主编《来源于大海的身世：溪上文学年选 2019》，宁波出版社，2020。

成海岛，平原均埋海底；海退时，海岸线又远移至舟山群岛东侧”。最直观的证据是，达蓬山岩体上至今可见大量海生贝壳化石。

就说近两千年来的事情。距今约2500年以来，由于喇叭形杭州湾涌潮动力的作用，杭州湾南岸逐渐向外淤涨成陆，从而使慈溪现境形成南、北两片，而大古塘以北的滨海平原，则是在不长的千年左右的时间里，在天工和人力共同作用下生成的。著名历史地理学家陈桥驿先生，把三北平原称为海陆变迁的巨大的自然博物馆。周乃复先生更进一步设想，创设一个海陆变迁和人工海塘博物馆，将科学考察与旅游观光相结合，促使慈溪滨海平原成为旅游热点也是完全可能的——周老师提出这个设想至少在20世纪90年代。我理解，周老师是在提醒我们，不忘自己的身世。

现在我说自己“晚熟”，好像有点矫情。确实，我很晚才有身世之感，不知道从何来，往何去，不知道我们与海的联系，对于海，可以说，非常陌生。

我小时候常听周围农人们说，在五塘头削地，六塘头摘棉花，却并不知道这“五塘”“六塘”与大海的关系。我也很少看他们去“靠海”。“靠海”这个词，在慈溪人的词典里，是一个动词，你可以理解为在滩涂捕拾小海鲜，也可以是出海捕捞，甚至更浪漫地说是“打捞海水”，总之在三北人嘴里是一个很有力量感的动词。现在想来非常遗憾的是，我居然没有一个“靠海”的朋友，姑表兄妹年少时曾有过“靠海”的经历，但我从没向他们打听过“靠海”的体验，更没有过和他们一起去“靠海”的念头。这样想想，真有点对不起自己的出生地,对不起自己和这个地方的“身世”。

曾经跑得最多的路是被称为329国道的公路,老家到市区16公里的路程,来回来回的过程中,从没想过这条路的“前世”,也感觉不出这是一个海滨城市,觉得这里与内陆的任何一个地方都没有太大的区别。直到有一天,在一群来自内陆省份的参观者面前,在走完了南山风景线之后,我带着他们往北,朝着海的方向行进的时候,我突然意识到这片土地的由来,意识到了这个地方与众不同的身世秘密。这个地方百分之七十多的土地是大海赐予的(更全面的说法是天工和人力共同作用的结果),我们的先民曾赖以生存的产业基础——盐业,也是大海的馈赠。在土地开发利用中,始而盐,继而棉,还有青瓷业,三北人积累了大规模商品化生产的经验,以及重商的精神。

可是,关于身世的烙印,随着时间的推移,似乎愈来愈淡化了,以至于模糊不清了,我们也只是在某些宣传报道里看得到“勇立潮头”的字眼,却渐渐忘了我们的祖先曾经真的张网捕捞,在潮来潮去中讨生活,他们曾经支起篷布,出海弄潮。“撑船甭管对头风,晒鲞不怕太阳红,要摸珍珠海底钻,要捞大鱼急起蓬”,这是曾流传于龙山、澥浦一带渔民的劳动号子《起蓬调》,现在我们喊起来还会血脉偾张吗?

关于“身世”的秘密,我在故纸堆里寻找,也在这片大地上寻找。

三北滨海地区民众有信奉海神的习俗。旧时,渔人在无边无际、无依无靠的汪洋中颠簸,生死在天,吉凶难卜,只能寄托神灵。祭祀护海女神的庙宇,有奉祀妈祖的天后宫、天妃宫及娘娘殿。也有主祀护海男神的，如奉祀伍子胥、张相公的潮神殿、相公殿等，比女神菩萨的要少些。旧书上说，三北一带至少建有十座奉祀妈祖的庙宇，就是闽人、粤人奉祀的“妈祖庙”。观海卫一带曾有四座妈祖娘娘庙。位于洋浦附近的天妃宫，始建于明隆庆年间，现存五开间殿屋为五里韩氏于清代重建。保存得最完整的，可能要算龙山西门外老街那座娘娘庙了。据说，此庙初建于元代至正年间，当时宫门前便是海。现存的庙宇为清道光年间重修，除戏台20世纪50年代被拆，前进宫门、水池、明堂，后进大殿都保存完好。此庙与众不同的是大门朝北开，主祀的娘娘菩萨朝北坐。原来，龙山形胜为南山北海，娘娘庙布局时，未按平原建庙的常规出牌。

当地老人对此津津乐道。那天，夕阳下老街口坐着一位老者，须发皆白，精神颇好。他说，这里建庙，就应该朝北，这样，娘娘菩萨一天到晚面对大海，风云变幻尽在娘娘视线之内。三北人的务实灵活在此已现端倪。

胜山娘娘则是当地“土生土长”的护海女神。胜山又名悬泥山，曾为海岛，远看如悬在水云间。相传山上有位老婆婆，每晚点亮油灯，一边纺纱织布，一边为渔人导航，后羽化成神。可能“圣母”二字太过文雅，当地百姓喜欢称“胜山娘娘”或“胜山老外婆”。

一天在崇寿，走进了一条“永清路”，感觉这是先人在提醒我们，这里曾有一条六塘，官方的名称就叫“永清塘”，永清塘后头的七塘，又称“澄清塘”。

说到地名路名，有文化意识的专家和领导总会想着法子，在地名里嵌入一些字眼，留下一些历史演进的信息，让后人从中检测出祖先留给我们的 DNA。

但是，这样的努力终究单薄，敌不过时间，更敌不过人们遗忘的速度。

我并不是说，我们的身世一定多么优越，多么高蹈，恰恰相反，我们脚下的这片土地在中原人眼里曾经是蛮荒之地。我想说的是，大海对我们的影响。大海是开阔的，弄潮儿是勇敢的，借助大海的赐予，先民们寸土斗汗，合力围垦，经过一代代人接力奋斗，终于成就了富饶美丽的家园。这是一块不断生长的土地，我们的先民在这里上演了一幕幕动人的活剧。我们身上流淌着的是弄潮人的血液，耳畔响着的是海风，眼里飘过的是海浪。但是，我也有一丝隐忧。你知道我们拥有 78 公里海岸线吗？也许是在钢筋水泥架构的城市待久了，也许是现代化机器的分贝高了，我们渐渐听不到海的声音了，我们看不到开阔的海面了，我们的器量格局小了，我们的锐气闯劲弱了。

扪心自问：我还记得来源于大海的身世吗？

谁说我们忘了？你会提出异议。有些东西是不会忘记的，哪那么容易忘记？

最恒久最稳固最不能改变的，是祖先传给我们的口味。三天吃不到小海鲜，我的胃首先会提醒我。于是，我们的行囊里，会有咸鱼干，或者很多榨菜。我们的口味偏咸。甚至有人说，三北一带的人普遍有甲状腺结节，与喜食海鲜有关。

最近，井头山考古有重大发现。井头山遗址在今三七市镇，1954 年前这一带属慈溪县。考古成果发布会上，有一张照片很有意思，集中陈列了 8000 年前先民食用后丢弃的大量海生贝壳的化石，蚶、螺、牡蛎、蛏、蛤、蚝，乍一看，像极了小区对面海鲜排档展示的新鲜贝类。真的很有意思。

文章写到这里，再回到开头说的沈渊的诗。我想说的，他都替我说了。

诗的结尾是这样的：

父亲，你已经离开我二十二年了
今年我也将为人父
我开始相信你说的话
相信天上的星星掉进海里
有的淹死了，还有的变成了小孩

父亲，请你相信我
我一定会把我们来源于大海的身世
完完整整地传递给我的孩子

庚子年寒露于半亩方塘

《来源于大海的身世：溪上文学年选2019》读稿札记

俞妍代表了溪上文学的一种境界。她视野开阔、沉实谦逊，总能给人带来欣喜。她总是关注普通人，《青烟》里的郑心刚、《裂瓷》中的姗姗，抑或《图画课》的雪莲，都令人印象深刻。识者从这些小人物身上读出了“孤独”，评家从字里行间领略到布局谋篇之“匠心”，你也尽可读出熟悉题材里的新意，特别是那些精准的细节，非常高妙。俞妍的作品应该成为我们的一个话题。我赞同这样的说法：这是一种灵魂写作，个中滋味，必如锤如炼。包括本书里的短篇《自由落体》，以及散文《没有被光抓走的人》。

施双玲近年不断给我们带来惊喜。她的短篇小说集《摩天轮》[1] 可以看作近年溪上小说的重要收获。

“许多年以后，面对《白郎中集》20 卷，风烛残年的白居易仍会回味到，他在那个清冷的冬日早晨接到远在梓州的弟弟白行简寄来的书信时复杂的心情。”中学教师韩建飞的《在爱与梦中飞翔的超越者》，将我们带入 1200 年前那个清冷的冬日，百无聊

[1] 施双玲：《摩天轮》，宁波青年作家创作文库（第 5 辑），宁波出版社，2018。

赖的江州司马白居易独自策马来到浔阳江边，踯躅眺望。读书人的心理总是相通的，把那些堙没的复杂而丰富的心魂展示出来，需要时间去阅读，去构思切入。

小凌（车凌哲）有很多奇奇怪怪的想法。她喜欢联想，从湿地的“活鱼展示园”联想到“候鸟博物馆”里的标本。“一想到那些毛茸茸的小可爱曾经鲜活地在这里蹦跶，连天空都拿他们无可奈何，现在却只能死死地在展柜里保持一个姿势，拿那双孤魂野鬼似的可怜可爱的大眼瞪着我，便觉得自己也被他们下了诅咒，于是四周的墙好像响应了他们来囚锢我，逼得人喘不上气——永恒原也并不美好。”她经常会冒出一些略显深奥的“哲思”，看鳙鱼张着大口木木的样子，就想鳙鱼是否也在看我的傻样：“薄薄的玻璃墙隔开两个世界，一时也不知是哪边囚禁哪边，哪边在看哪边的展示呢？”

老吴（吴利宏）是近年“冒”出来的“新人”——年纪不小了，却是新面孔。老吴的东西“土”，但土得有味道。最先读《竹编人生》，写一个篾匠哥，语言很有味道，夹一些方言俗语，更有味道。篾匠哥这个人物写得特别好，性格特征活灵活现，包括他喜欢搓麻将。他的经典形象就是手不停干活，嘴角总是叼着一根烟。他的一生，在老吴的几千字里生动展现。再看入选本书的《王灵官外传》，从来没发表过，写得好，人物活灵活现，特别是慈溪东部老话，信手拈来，用得很圆熟，很贴切。这是开头写“王灵官”出场：“他又瘦又小，每天像牛一样在地里干农活，连凉帽也没一顶。吃没好吃，穿没好穿，瘦得像只猢狲。脸晒得很黑，下巴尖尖的，腮帮子有点瘪进去，几颗大板牙扒在外面，一看就是尖嘴猴腮。肚子瘪得像饿了三个月的蟑螂，前胸贴后胸。小腿比蚊子腿粗了些，与长脚鹭鸶不相上下。浑身上下没有二两油脂，还勿及一只萧山鸡板油多。可别看他人瘦拐拐的，干活倒是有些力气的。尤其是耐力好，做勿煞，有韧劲。乡下人称这类人为‘精骨人’。”有点儿味道吧。老吴定读过不少章回小说，渲染氛围的功夫也十分了得。王灵官听了淘箩哥的话，灌饱老酒，揣着刚买的三百锡箔，高一脚低一脚地往海静庵去的情景，写得阴森可怖。读完想，是不是应该给这个人物抹上一点亮色？他这一生太卑微，太窝囊，太那个了吧。可是，人生经得起拷问吗？谁的人生不让人慨叹呢！

溪上这几年出了不少散文集。岑玲飞的《卸妆》[1]，俞白桦的《那时候》[2]，文友多有赏读，以文字呼应，相互砥砺，成为溪上文学的一道风景。沈国华的《这日子》自印500册，给自己一个回顾，给文友一份欣喜，亦是一大乐事。国华的老同学俞妍写序激赏，写人论文，有情有义。这篇《把平凡的日子过成金子》的序，是编者上门要来的，还选了国华的两篇性情文字《帮老娘种菜》和《娶个老婆会裁缝》。

溪上诗歌，总能吹来清新的风，以及新的名字。沈渊和一宁常常在一起。沈渊喜欢“故乡”，诗里常有“大海”“星星”的意象，诗集《和星星一起失眠在宇宙》[3]，是这一年溪上诗歌的重要

[1] 岑玲飞：《卸妆》，宁波青年作家创作文库（第5辑），宁波出版社，2018。
[2] 俞白桦：《那时候》，宁波出版社，2018。
[3] 沈渊：《和星星一起失眠在宇宙》，团结出版社，2019。

收获。出版社编辑问本书的书名，正读沈渊诗，一首《来源于大海的身世》跳了出来。“来源于大海的身世”，也是在说慈溪的身世，作为书名最好不过了。一宁喜欢蚂蚁，家里的宠物是大大小小的蚂蚁，有许多是全球稀有的品种，他的诗里就有了《一只多事的蚂蚁，悄悄种下了光》之类。还有德根，也喜欢蚂蚁，写过不少关于蚂蚁的诗章，包括《护送一只蚂蚁回家》。读到陈德根的《拉动灯绳的陌生人》，我的心“平静而缓慢”，一如他的心境。我把这首诗粘贴在下面，诠释是多余的。

我爱书店主人插在
瓶子里的一束月季花

大多数人爱它们
被暴力衬托的美

我爱它们无人知晓，悄悄地枯萎
平静而缓慢，恰似我心境
我从书店出来
看到一位白发老者推着轮椅上的老伴
走在夕阳下的街头
时间在他们脸上的皱纹里交织
落在他们身上，从橱窗
倾泻而出的光，像久远的岁月在返回

巷子深处，晚灯次第点亮
使人心生温暖的千家万户
我默默地感激所有
拉动灯绳的陌生人

说说散文诗。王兄建革，之前一直在写，只是我们没怎么注意到他。他阅历丰富，可能是我们当中跑得最远的人。周游世界的时候，他说，“我已不再年轻，只剩下与生活和解的耐心”“流云过了，流水也过了，流言蜚语也跌到了谷底”，散文诗或许是陪伴其旅途的最亮的那颗星。张红霞女史自己最喜欢《鸟的孤独》，“树是它的孤独，影子是它的孤独，炊烟是它的孤独”“一只鸟的孤独与另一只鸟的孤独，没有重叠之处，都是各自有各自的孤独，各自唱各自的歌”。一种刻骨的孤独，我们在读鲁迅《野草》的时候，不也深切地感受到了吗？

要么孤独，要么庸俗，人生的选择其实并不多。

《诗刊》社的“青春诗会”，是中国新诗的荣耀。第35届“青春诗会”，是2019年诗坛的重大事件。胡飞白是15位入选者之一。诗刊社编的诗丛，有飞白的一本《活着若无不妥》[1]。本书选了三篇关于飞白诗集的阅读笔记，期待引起更多的关注和更深入的讨论。

2020年秋月于半亩方塘

[1] 胡飞白：《活着若无不妥》，南方出版社，2019。

2021

听　潮　集

播下一颗种子

——《我爱慈溪：少儿绘画活动获奖作品集》[1]序

我们常说，学习美术可以提高孩子们的综合素养，但是，如果美术被简约成了绘画技艺，就和美育的初衷背道而驰了。当美育的重要性已基本成为社会共识，我们仍需要思考，学美术的意义是什么？美术要怎么学？

这是一本三次“创意美术”比赛优秀作品的汇集。创意美术对人的思维具有启发性的价值，自由的想象、丰富的感受、好的画面感、独立思考和自主表达的能力等，都可以在创意美术中得到锻炼。捧读这本书，感觉沉甸甸的，里面的内容包罗万象，丰富博大。翻阅一幅幅图画，可以感受到孩子们心灵的丰富，我仿佛看到孩子们握着画笔埋头用心作画的情景。忽然想到，他们身在其中的这个“创意”过程，或许已经悄悄地，在他们幼小的心田里播下了一颗种子。

这是一颗怎样的种子呢？

这是一颗爱家乡的种子。你看，古镇、白洋七塔、跨海大桥，

---

[1] 慈溪市新华书店《我爱慈溪》编委会编《我爱慈溪：少儿绘画活动获奖作品集》，宁波出版社，2021。

“慈溪元素”扑面而来，这是让孩子们发现身边的美。孩子们都要长大，有的还会走出去，但走得再远，心都有所依傍。这种归属感，或许就是幼小画画时种下的这一颗种子。长大了的游子，或许会向世界介绍家乡的跨海大桥，讲述上林湖越窑青瓷的前世今生，甚至会记得曾经画过的“三足蟾蜍”的传奇，当然也会记得吃过的杨梅和豆酥糖的味道。

这是一颗勇敢的种子。他们和大人一起，面对了一场“百年一遇”的新冠疫情，亲身感受了抗疫先锋身上的勇敢和担当。一幅题为“最美的容颜”的画告诉我，孩子懂得了什么是美，白衣天使脸上那道深深的压痕，就是孩子心中一道最美的彩虹！钟南山爷爷，就是他们心中的偶像！“从小学先锋，长大做先锋”，不是一句空话，是有来由的，有根基的，那是建立在一种深厚的感情认同基础上的良知。

这是一颗红色的种子。2021，一定是他们心中一个难以忘怀的年份，那是我们伟大的中国共产党百年诞辰的年份。一位孩子用“红船”“大地丰收”“天使出征”和“复兴号”四个意象，勾画出我党百年历程的重要历史节点。一幅画，一次美术创意活动，在进行思维和记忆训练的同时，更把他带到了一个有画面感的情境中，让孩子有一种真情实感的融入。

“少儿美育，重要的是文化浸润和情感联结。”这是一位资深美术教育工作者的切身体会。孩子们在进行视觉艺术活动时，他们的大脑得到了锻炼与开发，同时，孩子们被导入更宽广的知识和文化领域，在潜移默化中理解和接受家乡美和历史、文化、人格、思想的熏陶，这才是美育的真正要义。真正好的艺术教育，就是要带给孩子平实朴素的美感，从深处唤醒孩子充满童真和智慧的心灵，唤醒孩子对美的感悟，从而打好做人的底子。这正是艺术的魅力，这也正是美育的力量！

2021 年 8 月于慈溪

艺术寻根与文化寻根

—— 在励双杰长篇小说《秘色》[1] 研讨会上的发言

这样一个会，就是我们这些喜欢读点书，又喜欢写点东西的人，以双杰的《秘色》这本书作一个由头，大家聚在一起，讨论一下我们共同关心的关于文学，乃至文化的问题。

今天的研讨，有新意，有价值，很有收获。对今天的研讨会，可用十六个字来形容：用心用情、细致探究，互学互动、真诚探讨。文学研讨最可贵的是真诚。我们就多个方面进行了有新意、有价值的讨论，并形成了一些共识，也为今后的文学创作提供了有益的启示。

一是小说创作的叙事模式问题。大家普遍感受到《秘色》对于明清小说传统的继承，王孙荣由此进一步提出，《秘色》为当代文坛提供了一种"原小说"美学样态。在西方小说观念成为主流的当代，小说是否可以有另外的"活法"，这种"活法"有别于百年来过于西洋化的正体小说模式，而是创造性地"复活"了中国古典小说叙事原型结构，建构一种"原小说"的美学样态。从这个意义上说，《秘色》这部小说的创作，是一次"艺术寻根"。

---

[1] 励双杰：《秘色》，浙江文艺出版社，2021。

二是文化性问题。《秘色》可以看作一部江南文化小说。浙东一带历史文化、民情习俗等文化元素，在作者笔下信手拈来，熔于一炉，浑然天成。“秘色”文化元素在其中是比较突出的。小说构建了一个富有江南特色的“小说空间”，虽然这个小说空间带着浓厚的个人色彩，但它完全是双杰虚构的“文学空间”。江陵雨还指出了小说揭示了江南文化温婉表层下的“铁血”底色。作为一位传统文化爱好者，双杰的知识构成为这部小说的文化性提供了充实的储备，姓氏文化、传统礼俗、地方俗语等，在故事推进中自然贴合地呈现。从这个意义上讲，《秘色》的创作，是一次“文化寻根”。

三是艺术视角问题。大背景下的平民视角，这是作者的高妙之处。小说的时代背景是宏大的，浙东曾是敌后抗日的重要地区，也是日寇、国军、共产党武装力量犬牙交错的地方。小说选取了大背景下平民抗日的视角，以秘色瓷碗这一宝物为中心，各方势力、各色人等夺宝角力为主线，故事紧张好看，人物命运起伏跌宕。这正是小说艺术上的成功之处。

读小说时，我还在想一个事情：《秘色》这部小说是如何生成的？

双杰从二十世纪八九十年代开始收藏家谱，那时有谁有这样的“远见”，一眼识破这些破纸头的价值？但双杰不由自主地收集这些东西。他最近还晒出一些自己收藏的红色书刊，有1945年出版的毛泽东著作《论联合政府》，有1937年出版的署名八路军副总指挥彭德怀的《争取持久抗战胜利的先决问题》等，都是家谱收购中连带着收来的。他对过去时代的旧书，怀着一种天然的感情，可以说是情有独钟。双杰的阅读也有自己的偏好，他喜欢三侠五义、稗官野史、传奇话本，形成了自己独有的审美趣味。正是这种自幼就有的对于传统文化的感情，使得双杰在一个机缘巧合中触发了创作这部小说的动因：几年前，得知上林湖越窑考古出现大突破，证实千年秘色瓷就出自上林湖后司岙窑址，而三北大地又曾上演了一幕幕抗击日寇的活剧，双杰的心里就开始酝酿《秘色》小说的轮廓。双杰自称喜欢天马行空的虚构，但这种虚构，却源于他丰厚的传统文化的积淀和对三北大地风土人情的熟稔，当然还有他驾驭鸿篇巨制的能力。因此，双杰的《秘色》，时代背景是民国的，但它又是二十一世纪的，更是励双杰的。《秘色》产生于二十一世纪二十年代，被赋予了二十一世纪的时代烙印；《秘色》是藏书家兼小说家励双杰的创造，更是打上了励氏独有的烙印。

双杰的《秘色》还让我们思考一些问题。比如，怎样书写地方文化？如何写出独特地方文化赋予人物的独特气质？如何依附人物原型，让人物更加立体、丰富？再比如，小说的时代背景问题。从《阳谋》到《秘色》，两部长篇的时代背景都是民国时期，双杰觉得这样一个不远不近的时代写起来很契合。有一天我忽然想，当下谁来写？等到我们不在了，让后代人再“隔代”回溯，写我们这个时代？在当代的文坛，我十分钦佩贾平凹，他不回避写当下，《古炉》写二十世纪六七十年代，《废都》写二十世纪八十年代的知识分子，《带灯》《暂坐》就更近了。隔一段时间，回头看，确实会更清楚些，比如阿来写2008年的汶川地震，就等了十多年，2019年才出了本《云中记》。但也不能都等着让隔代的人来写。跳出书写的舒适区，挑战有难度的当下性写作，应该也是我们的责任吧。

总之，感谢双杰，也感谢大家！

2021年10月16日于海如茂居别苑

2022

听　潮　集

让历史在生活中流淌

—— 读王孙荣《余姚进士录》[1]

我很庆幸，我见证了慈溪文化和文学十余年来的进步。十余年在历史长河中只是一瞬，但在我却是刻骨铭心的，我投入其中，浸润其中。说具体一点，就是常能近水楼台，读到同道们的成果，让我也有了一些进步。

孙荣的这一本《余姚进士录》让我受益良多，也获得了一些启示。

人们一般会认为这类书比较枯燥，我却读出了滋味。首先是因为简练质朴的文字，读着是一种享受，并时时有新鲜的收获。

比如，北宋有个舒亶，许多史书里是作为苏东坡的对立面出现的，他与李定同劾苏轼，是为“乌台诗案”，而对他的生平、籍贯，以前知之甚少，《余姚进士录》告诉我们，他是明州慈溪县石台乡大隐舒家岙人，原来他是老慈溪人；编著者还进一步告诉我们，舒家岙现属余姚市大隐镇学士桥村，人物一下子有所依凭。

编著者披览广博，触类旁通，把一些人物关系梳理得清清楚

[1] 王孙荣编著，中共余姚市委党史研究室编《余姚进士录》，中国书籍出版社，2022。

楚。每一登科进士，都有一个小传，我更喜欢小传后面的“案”语。比如元代余姚仅有的两个进士，岑良卿和从弟岑士贵，后面的“案”语里就说，南宋大儒黄震季子黄叔英娶岑全之女，即岑良卿、岑士贵的姑姑，黄叔英就成了二岑的姑父，二岑还“从姑父黄叔英学”。这样，人物信息便丰富起来，让人物不只是躺在纸上的一个名字了。

类似的例子比比皆是。比如余姚城有一条著名的“新建路”，路名来历与王华、王阳明父子有关。这本书里提到，王阳明的父亲王华，是明成化十七年辛丑科状元，“卒赠新建伯”；而王阳明是弘治十二年己未科会试第二名会魁，生前因事功封“新建伯”，卒后赠“新建侯”。

现在慈溪人去余姚北高铁站，会经过横河镇马堰村。这个村子曾出过一个著名的人物，叫徐爱，他是王阳明的弟子和传人，也是妹婿。这次读的时候特别注意了徐爱的“户籍”为灶籍，给我们一个重要信息：当时生活在最底层的灶民，也有了跨越阶层鸿沟向上流动的机会。《余姚进士录》收录了灶籍进士 30 人，占浙江灶籍进士的五分之一。周乃复先生生前说过，打破灶民不得考功名的规矩，激活人才流动的社会生态，是一个很好的课题，值得深入研究。

总之，读《余姚进士录》，时有“历史并不遥远”之感，如孙荣自己所说：“原来历史一直在生活中流淌，距离那么近，就在身边……”

对《余姚进士录》这部新著，童银舫先生称其为“一部地方登科录的扛鼎之作”，给予很高评价，两大特色的概括“汇录文献，梳理有方”“不拘旧说，存真求实”，也很到位。不过我还要再重复说一说我得到的两点启示。

第一点，从基础资料整理做起、绝不取巧的治学态度。

王孙荣这二十多年可以看作“界石”的是三个年份的三本书：2009 年《孙月峰年谱》，2015 年《慈溪进士录》，2022 年《余姚进士录》。他 1998 年发心研读孙月峰著述，开始在古书堆里检寻，手录笔记，为写《孙月峰年谱》，他抄了十来册笔记。后面两部进士录，我不知道他又用了多少本笔记，晨昏间隙，爬罗剔抉，过程之艰辛，可谓如鱼饮水冷暖自知。做学问毕竟是孤独、寂寞的，要耐得住孤独，耐得住寂寞。如今稀缺的，可能就是这种坐冷板凳、求真学问的精神。

难怪当年周乃复先生看到孙荣拿出《孙月峰年谱》时，是那样欢喜。他一直关注孙荣，慈爱的目光里满是期盼，期盼他出新成果，甚至看到孙荣在报刊发表短文时，都会暗暗着急，从内心呼喊：千万别把精力浪费在眼前小事上，好好坐稳冷板凳。当然孙荣并未因经常撰写时文而影响治学，《孙月峰年谱》出版六年后，捧出一部 36 万字的《慈溪进士录》；再七年后，又拿出现在这部新著。

其实历史上也有一种不良的习气，互相抄袭、随意编造，为尊者、亲者脸上贴金，种种陋习，由来已久。而孙荣的这部新作，有了“纠文献之谬”的功用，正如北京大学叶晔教授所评：《余姚进士录》“其征引文献之翔实，考订史料之细密，制定体例之规范，不由让人感慨，这是一部地方文献的深度整理之作”。

上面是就学风，从态度来讲。这是我得到的第一点启示。

第二点启示，也是非常重要的，是从思维和能力的角度讲的。任何学者都处在特定的时代和地域，处在一个时空坐标中。二十一世纪的学人做出的东西，必须注意二十一世纪的时代性。余姚、慈溪由于1954年以来多次行政区划的变化，给历史文化的梳理带来很多困惑和挑战。《余姚进士录》收录余姚旧境进士643人，另外将原属慈溪和上虞今已划属余姚的进士58人纳入，总计701人，这样处理，既尊重历史，又照顾现实，反映了时代性。

时代性，可以说是这本书特别的贡献，也是专家特别称赏的。以往对人物地理信息的爬梳，往往止步于登科录中的标准化知识（所在县籍）。这部新著的独特贡献在于，“凡能考证出其居里者，皆著录现属镇、村”，叶晔教授说这实在“令人敬畏”！将人物的地理信息落实到镇、村一级，这可能是地方史研究走向深入的必经之路。余慈有过多次行政区划调整，满足当代地方文化建设需求，对人物居里做更精细的考证，这实际上是承担了一种时代的责任。随着数字人文技术的发展，历史人物的空间可视化呈现将日渐普及，适时提出地理信息精细化的要求，是一个必然的趋势。二十一世纪的学人王孙荣，在这方面走出了实质性的步子。

二十一世纪的学人还应该是什么样的？还应该有相当的传统文化修养。应当是一个博学者，要博一点，杂一点。正像周乃复先生说的，要学一点版本学、校勘学，甚至文字学、音韵学的知识，才能肩负起去伪存真、去粗取精的责任，使我们的研究成果真正建立在坚实科学的基础之上，经得起时间的检验。

一起成长的日子

——为曹锃涵、曹锐涵《别了，七彩童年》[1]而写

今年这个六一，我要为一对双胞胎姐妹写点文字，她们就要小学毕业了，她们的外公把她们的习作编成一本书，书名叫《别了，七彩童年》。

我很羡慕这一家人，尤其羡慕这对双胞胎姐妹。2009 年 5 月 19 日，她们相约着来到这个世界，前后就差了 2 分钟！外公为她们取了小名：锃锃和铖铖，有时也叫她们大宝和小宝。她们一起上学，一起玩，一起做作业，一起成长，这是件多么让人羡慕的事啊！有多少孩子身边没有伙伴。相伴着来到这个世界，相伴着长大，这是人生的缘分啊！

大宝在作文里说，我有一个从在妈妈肚子里就认识的好朋友，就是我的妹妹，但她和我长得不太像，看上去楚楚动人，让人爱怜。我看过她们的照片，可能一个像爸爸多些，一个像妈妈多些。她们从小感情很好，上幼儿园后，两人午睡时被分开了，还时不时"遥相招手"呢。小宝在作文里说，做作业时常得到姐姐的帮助，有一次背课文，姐姐为了加深她对课文的印象，用尽浑

[1] 曹锃涵、曹锐涵：《别了，七彩童年》，2021 年编印，内部交流。

身解数，一边背一边演，逗得她捧腹大笑，让她觉得背诵不再是一件枯燥的事。

最感染人的就是姐妹俩在一起欢笑的情景了。有一回，姐妹俩到吾悦广场拆盲盒，妹妹一心想着要一个狐仙，掂来掂去，举棋不定，拿着挑好的盲盒去求助姐姐。姐姐接过去摇了摇，顺手拿起身边的另一个盲盒，“这个更沉。”妹妹一掂，真的哎。打开盒子的那一刻，真的是无法用语言表达的激动和紧张啊，因为你永远不知道下一秒盒子里拆出来的会是什么。“啊，啊，啊，狐仙！”简直不敢相信！妹妹顾不上自己的形象，抓住姐姐的手大喊起来，柜台前只留下姐妹俩手拉手转圈的欢呼声了！

这一段读了让人感动，太生动，太兴奋了！

姐妹俩的性格也有点不太一样。小宝背课文，有时是一个字一个字背的；做数学题，有时会像猜谜一样变来变去；晚饭后，会看到小宝耷拉着小脸，不情不愿地背着书包走进房间。可是有一天，姐姐发现了妹妹的进步，她是这么写的：

今天，妹妹带着一脸的笑意，一边写还一边神神道道地说：“加油，加油，一定要快点完成！”只见她用了比往日快了一倍的速度完成了作业，笑着向妈妈汇报她的“战绩”去了。完成任务的妹妹，笑得是那么的开心，感觉像是卸下了千斤重担，甜甜的笑容，清脆的笑声，一直伴随着她，就像院子里盛开的月季，那么明媚，那么清新，看得我也好开心。原来，这是妈妈的“奖励政策”起效了，在规定时间里完成作业奖励看半小时的电视。妹妹还不敢相信自己也可以这么棒，一直傻笑着说：“啊！我实在是太棒了！”

到现在，我还清楚地记得她的笑脸，是那么的开心，是那么的激动！

在她们各自的笔下，经常会有对方的身影。彼此间有爱，互相都会在各自的文字里发出这样的声音：

姐姐，有你真好！

妹妹，有你真好！

当然，也跟别的兄弟姐妹一样，她们也会有闹别扭的时候，也会有小小的不愉快。但是她们在相伴的生活里，渐渐地学会了包容，学会了付出，学会了替对方着想。她们一路欢乐，一路向前，结伴而行十二载，这是多么宝贵的童年经历啊！

有一篇习作，我读后不会忘记，还是写那次拆盲盒的。看着那美丽的粉色狐仙，裙带飘飘，充满了仙气，配上那高傲的小尾巴，一切都太完美了，妹妹不禁笑出声来。姐姐也喜欢狐仙，跟妹妹商量：“老妹，可不可以用三个来换你的一个狐仙啊？”这时的妹妹怎么想呢？虽然很有些不舍，但她还是大方地和姐姐分享了。写到这里，小宝写下了这样的话：

我决定还是大方地和姐姐一起分享，这样，我们的快乐不就变成双倍的了吗！

是的,这个世界上,只有快乐可以完全复制粘贴。

这是生活在教人,怎么与人相处,怎么关爱他人,怎么站在别人的角度想事情,点点滴滴,润物无声。

我很羡慕这一家人,因为他们心中有爱。在大宝小宝的习作里,经常可以感受到这种无声的爱。

有一次,大宝对练琴有些不耐烦。外公走了上来,看了看大宝,又看了看被扔掉的琴谱,顿时明白了。外公静静地坐了下来:“大宝,你知道吗?你是我们家唯一会弹琴的孩子,每次听到你的琴声,真是一种享受啊!”外公帮大宝捡起琴谱,又说,“大宝,新曲子慢慢来,一句一句去解决,最后连起来,就好了。”听了外公的鼓励,大宝平复了烦躁的心情,在黑白两色的琴键上一个一个去找音。

小宝永远不会忘记外婆对自己的关爱。那天,小宝起晚了,早饭吃得不多,外婆可着急了,一边催小宝吃快点,一边唠叨:“记得把学校的午饭吃完啊!”小宝只“嗯”了一声,抓起书包,急急忙忙地向门外跑。下午放学的时候,因为担心小宝午饭没吃饱,等在门口的外婆手里多了一份小宝爱吃的水果和蛋糕。早就饿坏的小宝,迫不及待地大口吃起来,外婆开心地说:“饿坏了吧,多吃点。”

这样的例子还有很多:

妈妈送了一辆自行车给姐妹俩当生日礼物,小宝一开始学不会,想打退堂鼓了:“妈妈,我不想学自行车了!”妈妈说:“别人行,你一定也可以的,明天再试一试,要学就一鼓作气,不要半途而废，说不定明天就会有奇迹发生了呢！”小宝硬着头皮再次踏上学车的路，在歪歪扭扭练习的过程中，竟然真的可以手脚配合地骑上车，踏上几脚了！在妈妈的鼓励下，小宝学会了骑车，还有了一点小心得：坚持就是胜利！奇迹就在你坚持后的下一刻！

刚上学时，大宝觉得20以内的口算很难，一直不会做，还因此落下眼泪。这时，爸爸走过来说："大宝没事吧？有什么困难，可以告诉我，别哭坏了眼睛，我们一起努力！”说完，还从外面温了一杯牛奶给大宝喝。

大宝在作文里总结得好：

成长中，有许多东西一直都在，比如话语中的鼓励，眼神中的理解，随意举动中的启迪…… 我觉得，关心，一直都在。

是的，关心，一直都在。这是有爱的一家人！

我非常喜欢读大宝小宝的文章。你们的文字清新自然，感情真实丰沛，时常会有让人过目不忘的片段，时时会有精彩的句子蹦出来。你们的童年是欢乐的，充实的，精彩的，独一无二的，这些文字是关于童年最好的记录。你们有这么好的文字基础，希望继续多读，多写。要多向书本学习，向作家们学习，也要向生活学习，生活丰富了，写作也才会丰富起来！

大宝小宝很快就要成为中学生了。我想提醒姐妹俩的是，你们各自还是独立的主体，也要学会独处，学会安静，学会一个人待着而不寂寞，学会在没有人监督的时候也能自律。毕竟，一个人最终要靠自己内心强大，总有些事情要独自去面对。

那么，如何让自己的内心充盈，让自己变得强大起来呢？一个很重要的途径，还是阅读。在阅读中，与那些经历困难却依然坚强的人们相遇，和智慧结伴，就像大宝在文章里说的：“在我眼中，阅读是一盏明灯。”

曹锃涵，曹锐涵，愿这盏明灯照亮你们前行的路！

2023

听　潮　集

让一地文化传之久远

——《慈溪史志文丛》第一、二辑[1]阅读札记

年前收到《慈溪史志文丛》第二辑，病后恢复元气，正需要这样的书做伴，让人感到亲切，又有一丝慰藉。

人，是历史中最活跃的因素，书中每个栏目几乎都有人物出现，尤其是“人物春秋”和“治学漫谈”栏目，人物更是直接走到了前台。我最先读的是著名历史学家虞云国的《治史纪程》。虞先生是龙山镇人，他的《细说宋朝》《从中州到钱塘》在史学界影响很大。他把自己的“治史经”和盘托出，一一道来，为何以宋史作为治史的主攻方向？外语语种选读为何选日语？治史的专业素养，除了掌握治古代史的“四把钥匙”（地理、职官、年代、目录），还得有文字训诂、校勘辨伪等专门训练，等等，让人醍醐灌顶。此文一下子让我感觉到这本地方史志文丛的分量，并吸引我继续读《潘立勇教授的学术贡献》《高士奇年谱·前言》等其他篇章。

我又找出《慈溪史志文丛》第一辑。读着读着，两书体现的，对于地方史志研究一脉相承的精神性的东西，就呼之欲出了。

---

[1] 中共慈溪市委党史研究室、慈溪市地方志编纂委员会办公室编《慈溪史志文丛》第一辑，浙江人民出版社，2022；《慈溪史志文丛》第二辑，浙江古籍出版社，2022。

于是不揣冒昧，写下我对这种学术精神的一个大体印象。

首先是注重文化含量。这在多个栏目中都能感受到，尤其是“治学漫谈”栏目，关注国内学界慈溪籍人士的治学动态，一下子将史志研究的标杆立在了一个较高的水准。历史学家虞云国是宋史专家，在国内外影响颇大。同一栏目中与笔者同姓同名的浙江省文物考古研究所所长方向明，出生于观海卫，从事考古三十多年，是中国新石器时代考古和中国史前玉器考古学研究的专家，其著作《中国玉器通史》（新石器时代南方卷），是中国古代玉器史的系统开篇之作。

“人物春秋”栏目中，《潘立勇教授的学术贡献》一文，可以让我们对潘教授的学术人生有一个全面的了解，同时对他的过早离世又增添了一份哀痛和惋惜。潘教授曾先后就读慈溪实验小学、慈溪中学，1982—1984 年在浒山中学任教，1987 年以后一直在浙江大学任教，2022 年 2 月 28 日因病去世，享年 66 岁。他是宋明理学美学研究领域公认的开拓者和代表人物，在休闲文化与美学构建方面持续深耕，被同行誉为“休闲美学的建构者”。

“人物春秋”栏目对于早年成名的艺术大家如陈之佛、陆一飞等，能够及时呈现相关研究的最新动态，《“雪翁”花鸟始何时》《陈之佛全集 · 总序》《陆一飞精品集 · 前言》等，都体现了传统研究领域的新进展。

对于国内一线文化大家的即时和持续的关注，使得慈溪地方史志研究始终与日新月异的学术前沿保持同频，提升了慈溪史志研究的学术含量。

其次是注重探索出新。地方史志的研究,主题往往不会有大的变化,但可以在老主题的深度掘进和开拓新意方面下功夫。党史题材的《试论谭震林开辟浙东抗日根据地的三大贡献》就关注了浙东抗日的老题材,却写出了新意,有一定的开拓性。杨贤江是宁波籍最早入党的中共党员,近几年杨贤江研究也成为学术传播的一个热点,对杨贤江的著作和译作进行全面的考订,《杨贤江著译考》一文就是在这方面进行深度掘进取得的新成果。

来复是元末明初著名寺僧和学问僧,在他身上聚集着许多耐人寻味而又亟待解谜的历史现象。民间学者水银依托扎实的史料功夫,就来复住持的寺院、来复的死因等诸多问题进行探讨,尤其是在与慈溪有关的史实方面提出了一些新观点,比如来复住持定水寺的十余年光景是“定水寺的高光时刻”,来复编著的诗集《澹游集》对于元末江南诗坛,其重要性怎么估计也不过分,等等。这些看起来似乎是旧题材,读来却让人耳目一新。

再次是注重与时俱进。做史志研究的并非“冬烘先生”。历史是流动的,历史瞬间需要我们去捕捉,历史现象需要我们持续关注。这两本书的编者就在这些方面为我们做出了榜样。第一辑里《百岁人生 一片丹心——慈溪籍老党员虞鸣非的上海情缘》讲述从古窑浦走出的女英雄虞鸣非的传奇人生;第二辑中《我心中的叶靳叔叔》《怀念恩师劳建民》等文章,充分体现了时代性,还有民间视角。叶靳同志的人生与新中国成立以来慈溪各个历史时期相关,劳建民医生是著名的骨科医生,在余慈一带群众中口碑甚好。两位老者于近年先后辞世,他们的事迹或许是平凡的，却与慈溪的政治、社会发展乃至人民群众生活息息相关，他们的人生经历折射着大时代的变迁。史志文丛紧随时代步伐，及时反映大时代背景下的身边人，体现的是对历史负责的精神。

我一直在想，慈溪地方史志研究的这些精神，是怎么形成的；或换个角度说，史志研究工作者应该有怎样的素养。我想到了“眼界”一词。立足慈溪、面向全国的宽广视野，身居一隅、心系天下的宽阔眼界，使得慈溪地方史志研究祛除了小家子气。慈溪史志研究，与慈溪血脉相连，却又关涉中国大历史。再从两书的作者资源看，也体现了一种格局。作者队伍不局限于本土研究者，许多国内大家的文章赫然在目，不仅提升了学术品位，也可在一定程度上扩大地方文化的影响。

读这两本书的时候，我想到了此前编印的《慈溪史志》季刊。此刊创办于 2006 年 12 月，至 2020 年 5 月共编印 55 期，发表各类文章 1600 篇、500 余万字。虽是内刊，却颇有档次，其办刊经验曾在省内外介绍推广。由于政策因素，《慈溪史志》内刊于 2020 年第三季度停止编印。如今，《慈溪史志文丛》一、二辑先后由浙江人民出版社和浙江古籍出版社正式出版，其所体现的学术精神，实际也是《慈溪史志》季刊多年秉持的办刊宗旨。

地方文化需要沉淀，需要积累，所谓聚沙成塔，集腋成裘是也。唯有踏踏实实，接力传承，守而勿失，持之以恒，一地的文化才能传之久远。

外部世界的人格化带来的独特阅读感受

——读王立云长篇小说《雾与石》[1]一得

王立云一出手，就让人惊艳不已。

王立云的长篇小说叫《雾与石》。曹文轩写过长篇小说《天瓢》，他是写“雨”的高手，“雨”总是恰到好处地烘托人物的情绪。王立云开笔就让我们惊叹：他是写“雾”的高手，他写的“雾”也是一种情绪。

惊蛰第一声雷响过，伍太公就说，日子要长毛了。此后将近一个月，石街裹在茸毛似的细雾里，似醒非醒，似睡非睡。竹芽露个尖儿，犹犹豫豫地张望。青蛙从泥土里钻出来，咕噜几声后，重又回去睡觉。倒是苔藓地衣，肆无忌惮地生长，漫过街道，爬上墙头，把数百年纷至沓来的人事，层层堆叠，层层包裹。整个镇子古朴苍老，浑然天成。大雾弥漫，黏滞了声音，还有声音里面的喜怒哀乐；模糊了光影，还有光影背后的穷通显厄。石街就像洞悉人事又老于世故的老人，收敛起明晃晃的心智，和光同尘，浑浑噩噩。（第3页）

[1] 王立云：《雾与石》，浙江文艺出版社，2022。

雾浓得像沉沉的睡眠，只在每个人周围，留出一个十余步见方的梦。世界分裂了，变小了，人心蜷缩在梦里，前不着村，后不着店。浸稻种，开地垄，充满希望的农事活动，也换不来一个好心情，而谁也不会在雾季里办结婚上梁的喜事，就连肚子里的胎儿，也拼命躲避这不见天光的日子。（第 4 页）

雾水还是那么厚，焦虑在里面滋长，耳朵里嘭地撞进一声闷响，又把这焦虑拓进了心里。（第 4 页）

王立云是把“雾”人格化了。确切地说，是把环境人格化，注入了强烈的主观感受。他写石街裹在细雾里，像人一样“似醒非醒，似睡非睡”。他甚至直接说“石街就像洞悉人事又老于世故的老人，收敛起明明晃晃的心智，和光同尘，浑浑噩噩”。最精辟的是，他说，“雾水还是那么厚，焦虑在里面滋长”，是浓雾焦虑，还是人焦虑？他是把石街、大雾都人格化了，把一种情绪“雾”化、形象化了。他是在说一种情绪，在说人的一种生存状态，人被若有若无的雾压迫，整个石街没有了天光，也没有生机，在这样的“雾”的包围下，连人的说话声音都会被雾水黏住。

王立云的小说语言，带给我强烈的视觉冲击和情感冲击。这可能取决于他的许多奇思妙想。比如，他写航道船闸闸板被摇上来，露出水面的一刹那：

许木头应一声，扳动轱辘，铰链喀喇喇响起来，黑黝黝的闸板像头水牛似的，呼地从水里钻出来，水淋淋地往上爬。（第 6 页）

他写那蜿蜒西来的大河被堰坝扼住了喉咽：

大河失去奔腾泛滥的血性和脾气，蜷伏在绵柔无骨的雾里，就像一头温顺的野兽。（第 3 页）

更高明的，是“通感”和“移情”的运用。

手臂粗的铰链紧绷着，纹丝不动，偶尔发出紧张的喀喇声，渗进湿漉漉软绵绵的雾气，就像一锅米汤里掺进了一粒硌牙的石头。（第 4 页）

这是“通感”。

还可举一个“移情”的例子。他常常赋予“物”一种人格化的东西，这些物体具有了情绪化的东西。比如，他写到伍有钿被生活压得弓着干瘦的身体，春播的种子留足了，肥料却捉襟见肘，下面精彩的句子来了，“他耷拉着几茎灰黑的胡子，黑瘦的脸上堆满焦虑的皱纹”。前面那一句“耷拉着几茎灰黑的胡子”，那还是一般的如实的描写，而“黑瘦的脸上堆满焦虑的皱纹”，给“皱纹”注入了焦虑的情绪。

这种新鲜有趣的阅读感受，还来自他出其不意又十分精准的动词。比如林皋朝伍家的草房走去，有这么连续的几个动词是非常精妙的：

伍家土墙草盖的房屋，正孤零零地趴在一棵大柳树下，要不是猪们声嘶力竭地叫唤，还真不容易把它从雾水里择出来。他朝伍家走，还没走到那棵大柳树，粪的味道迎了出来，他提起袖子赶了赶，立在一截颓墙边，喊一声：'老伍呢？'"（第7页）

这里连续有三个动词：趴、择、迎，奇绝而又精准，给人一种非常强烈的阅读的快感。

现在的很多小说不会或不善于描写环境，不会用环境渲染来烘托情绪，来表达人的生存状态。人总是离不开生存的环境的。《雾与石》的环境写得好，而且这种环境跟人物和情节是融为一体的。你看第二节开头：

南面绵延的山脉层次分明起来，像一群趴在水里的牛，露出许多青色的脊背。最近处浮出一个牛头，左脸仿佛被剜了一刀，裸露的山石从一处断崖铺排下来，绵延数里，白瘆瘆如骨头，如腐肉，又如牛眼里涌出的浊泪。山名牛头，坡唤泪石，隔着堰南空阔的田野，与石街相视对望，千百年互通款曲，早把恩怨看淡，已视兴替如常，而伍太公总能看到笼在牛头山上不易察觉的阴霾，仿佛那双瞪视的牛眼里，总有挥之不去的幽怨与哀伤。"（第20页）

王立云笔下的环境，是和人物生存、命运以及情节推进绞结在一起的，或者说是融合在一起的，根本没法分开。

很安静，却总让人感到温弱的疼痛

—— 读俞妍短篇小说集《山野幽居》[1]

单篇《山野幽居》里的主角是叶华，却从畅畅写起。畅畅的笛子，畅畅的屁股，畅畅的日记，发现了畅畅的一个秘密 …… 叶华“耳朵一阵轰鸣”。

9 路公交车，只有叶华一个乘客，车上放的乐曲是二胡曲《山野幽居》，叶华和司机的“两人空间”，文艺氛围营造得腔调十足。

短篇小说可能是最接近诗歌的东西，它要求语言有较好的诗歌修养，无论篇幅多么局促，无论人物形象、内心性格有没有得到充分发育，都可以启发读者，让读者自己在内心里去完成这个人物 —— 从这个意义上说，好的短篇小说是作家和读者共同完成的，作家引领着读者在内心里完成人物的塑造。本文试从四个关键词入手，说说我读小说集《山野幽居》时候的一些感受。

留白或意在言外

集子里 13 个短篇，最长不过万把字，但人物却并不单薄。小说呈现的往往不是单一的时间，而是将读者拉回到早年恋爱

[1] 俞妍:《山野幽居》，宁波出版社，2023。

的时候，甚至更早的童年光景。这让小说人物有了成长感。如何将大跨度的时空结构好，作者避开了单一线性的叙述，采用多线穿插，交织着推进。这样的叙述给读者留下了大量“空白”，小说“以少少而胜多多”，最大的好处是，让读者产生阅读的快感，这种快感来自边阅读边想象填充的过程。

留白的艺术还体现在许多“意在言外”的叙述，给读者带来许多回味的东西。单篇《山野幽居》开头，叶华被儿子畅畅逗笑了，“拍了几下儿子的屁股”。不要小看这轻描淡写的一句，这一句让人体会到很多。儿子的屁股结实了，他长大了，进入青春期了。关键还有，与畅畅的父亲有关，因为在叶华的感觉里，畅畅长得像他父亲，瘦身板，大长腿，臀部很有力量。这就为叶华与前夫（即畅畅的父亲）之间的故事有了某种铺垫。而这一切往往是“只可意会不能言传”的，说出来，味道就差了。

再如《山野幽居》银杏叶的细节。我先是被这一句击了一下：“桥城的初冬，阴雨绵绵，被冷风席卷的银杏叶，沾在柏油路上，被过往的车辆一次次碾过。”心里有一点儿疼。银杏叶的意象在小说里多次出现。二十多年前，叶华在桥城的巫山公园，与初恋男友见面，只记得“头顶有一棵硕大的银杏树，好多银杏叶在空中飘舞，落在石凳上，也落在他们身上”。叶华与前夫房晓轩办完离婚手续，那日晚上看到房晓轩在朋友圈发了一张银杏树的照片，正是民政局前面的那棵，只见他写了三个字“银杏落”。

《山野幽居》里有一个细节，意味深长，让人记住了。叶华和前夫从民政局出来，房晓轩抱起了畅畅，使劲蹭他的小脸。接下来，房晓轩放下畅畅，打开奥迪车的门。畅畅跑过来说：“爸爸刚才哭了……”这个细节包含的东西太多了。但作者没有说。

许多作者没说的，读者脑补了，想象了，展开了。这大概就是好小说的魅力。

铺垫

什么是铺垫？铺垫就是修楼梯。让人物顺着楼梯下来，而不是直接从楼上掉下来。

奈保尔是怎么铺垫的？在沃滋沃斯出场之前，他一口气描写了四个乞丐。这四个乞丐有趣极了，用今天的话说，个个都是奇葩。等第五个乞丐——也就是沃滋沃斯——出场的时候，他已经不再“特殊”，他已经不再“突兀”，他很平常。这就是小说内部的“生活”。

《独钓寒江雪》第一节交代“绮云是一个单身女人”，第二节出现了一个“泉先生”，但小说很快就过了，不说他了。第三节，走出个“叶老板”，想法子在接近绮云，让绮云帮忙照顾他老妈，设宴感谢她，等等。但这只是铺垫。到第四节才揭晓：那个租住公寓的泉先生叫刘枫泉，故事才真正开始。《山野幽居》里，公交司机的出现，也有类似这种“铺垫”的意味。

突袭感

戏剧的结构像建筑，小说的结构像树。戏剧的结构是比较外在的、理智的。写戏总要有介绍人物，有矛盾冲突、高潮，多少是强迫读者（观众）接受这些东西的。小说不是这样。一棵树是不会事先想到怎样长一个枝条、一片叶子，再长的。它就是这样长出来了，往往让人感到意外。然而这一个枝条，这一片叶子，这样长，又都是有道理的。

我偏爱《独钓寒江雪》，就是因为这种"意外"，而这种"意外"又是合理的，有道理的。单身女人绮云，替表姐去监管公寓房换顶棚的工程。租公寓的是个男人，物业说，只知道那人自称"泉先生"。然后小说先搁置这个泉先生，进来一个叶老板。读者或许以为绮云会与叶老板生发故事。意外的是，泉先生大名刘枫泉，竟然是绮云学生时懵懂爱恋的少年。这是第一个意外。小说又回放了，只说绮云怎样幻想着与少年的感情。等做足了铺垫，这才让绮云与刘枫泉在时隔二十年后，又面对面坐在一起了。这是这个小说最精彩的部分，两个人的回忆，互相并不交叠，二者互为参照。接下来最大的意外出现了，电梯故障，下坠，两人在这个充满惶恐的狭小空间里，她听到自己擂鼓似的心跳，也感觉到他急促的呼吸。他突然叫起她的小名，声音颤抖，听起来像是抽泣，平时难以表达的隐藏于内心的话语，在这个特别的空间里说了出来。电梯又颠簸起来，再次下坠，身体在坠落，五脏六腑在散架，绮云发现自己跟刘枫泉紧紧抱在一起，犹如两个溺水的人抓住对方这根救命稻草。这是一场意外，可又像是一个富有隐喻色彩的人生片段，让人生浓缩在瞬间，浓缩在一个狭小的空间。读到这里，我感觉到了小说给人的一种"突袭感"。此时，我甚至惊呼：经典出现了！最后，他和她有没有走拢，小说以一贯的开放性结尾收笔，让读者自己去想。

氛围

如果小说很成功，它传达给读者的感受不是这个作家文字特别漂亮，而是说他记得小说里奇特的、描述不出来的某种“气味”，甚至某种光影、色彩和某种情感连接，害怕或者紧张。

读俞妍的小说，人一下子会静下来。有着淡淡的哀伤，或无奈，却仍然闪耀着炭火的光。读《独钓寒江雪》，起先觉得这个题目与小说有点隔，待到小说里出现一套老式的蓑衣和箬笠，绮云脑海里飘过“孤舟蓑笠翁”这句诗，读者忽然觉察了作者的心思。这个小说传达出的“清冷”，正是小说带给读者的一种氛围。这是一种别样的小说，别样的调调。“草在结它的种子，风在摇它的叶子，我们站着，不说话……”小说里女主人公绮云喜欢读书，读日本女作家小川洋子的《他们自在别处》，里面的几个小说，都算不上是故事，读来却有一种奇特的感觉，“就像听到一段空灵的古琴声，正在痴醉时，琴弦却突然绷断了”，这分明也是俞妍所追求的小说境界：很安静，却总让人感到温弱的疼痛。

《平凡之路》满篇也是这样的氛围。在大城市S城混得不好的李寒，留过洋，喜欢看的电影却是《伤逝》，他和晓芙都喜欢朴树，朴树的歌《平凡之路》贯穿整个小说。而朴树传达出的心绪忧伤，却燃着炭火的光芒。我对流行乐坛一直无感，这次在家门口的大型演唱会，却让我对朴树顶礼膜拜。三位乐坛骁将，李健、朴树、张信哲，最先出场的是朴树。朴树的歌词，那么朴实无华，却说出了许许多多普通人的感受和情绪，啊，这个让人又爱又恨的世间。世间就是这般，让人百感交集，又哭又笑。这一首《生如夏花》。很雅。偶尔也会很俗。

下一首《平凡之路》。“我曾经像你像他，像那野草野花，绝望着渴望着，也哭也笑平凡着。我曾经跨过山和大海，也穿过人山人海……”听朴树，有一种葡萄糖盐水沿着静脉一点点渗入体内的感觉。朴树的脸一俯一仰，眼里含着清澈的忧伤，似乎望见镜子里的自己。朴树的歌引起人们对生活、情感等方面的共鸣，涵盖了时代变迁和社会现实的问题，表达出普通人的心声。俞妍的小说也正是如此。那时，我听着朴树的歌，脑海里全是《山野幽居》。

那时我就想，好的艺术不一定大喊大叫，也不一定亮丽光鲜，只有真正打动人心，进到人心里去，才可称好的艺术。

“嵌入时代大书的记忆”

——读《秘色重光：慈溪越窑青瓷复烧20年纪实》[1]

我是2017年6月6日看“秘色重光”展览的。展览的副题写作“秘色瓷的考古大发现与再进宫”，展览地点选在了北京故宫的斋宫。时间过去六年多了，那天看展的兴奋、激动，现在想起依然真切。我清晰地记得，当我抬步走出斋宫，脚步踏在厚实的青砖上，那一刹那，心中陡然升起一种自豪感。那一刻，我与家乡是一体的。

当我收到以“秘色重光”为书名的这部作品时，没有立刻打开。我对着封面看了许久，上林湖烟波浩渺，八棱净瓶、三足蟾蜍的光芒内敛而持久。我在心里说，为秘色重光耗费了心力、精力和智慧的人们，历史会记住你们。

这是一部纪实文学作品，主笔张坚军先生是慈溪文学艺术界的前辈，更是全国知名的小说家，他的中篇小说《海地》曾轰动文坛，他后来调到宁波、杭州等地工作，可他一直关注着慈溪的发展，并捧出了《太阳正在升起》等多部反映慈溪改革历程的文

[1] 张坚军、李小平编著《秘色重光：慈溪越窑青瓷复烧20年纪实》，宁波出版社，2023。

学作品。有他担纲此书，保证了作品的文学成色。整本书格局宏大，布局合理，气韵生动，时时可感受到创作者涌动的情思和飞扬的文采。

真实是纪实文学的核心生命。这类作品需要创作者亲历或采访，对历史文献有深刻理解。本书创作者不辞辛劳，与编写组成员一道奔波于上林湖山水，穿梭于杭甬慈三地，采访了六十多位学者、专家、制瓷人、收藏家、瓯乐艺人和民间爱好者及相关政府官员，查询相关档案材料，反复斟酌，耗时两年有余撰写成文，又数易其稿，终于为我们呈现了慈溪秘色重光二十年历程的事实原貌，厘清了发展脉络。

要产生"纪实即史"的效果，容不得半点虚构，但又不是材料的简单堆积和剪辑。创作者遵循"大事不虚，小事不拘"的原则，对影响历史进程的大事件，确保准确翔实，反复核实史料，把握事件的来龙去脉。

关于秘色瓷，古人留给我们的文字少而又少，以至于这种器物在世人眼中变得扑朔迷离。或许是吸取古人的教训吧，这一次，慈溪越窑秘色瓷文化促进会做了一件大事，就是要清晰地告诉今人和后人，二十一世纪初以来的二十年，越窑青瓷文化的守护者们如何筚路蓝缕、薪火相传的，全书从考古发掘、产业复兴、收藏传播、瓯乐回春、文化交流、申遗之路等九个方面，全景式地呈现了二十年来慈溪人复兴青瓷文化的历史进程。二十年的追日，如今曙光已现。

文学性，代表了纪实文学作品的质地，它不是肤浅的、通俗化了的历史资料，而是一种个人化的艺术创作。需要通过文学的形式表现人物特征，使人物个性鲜明，生动鲜活。创作者捕捉到了许多当事人个性化的语言，这些都很好地展现了人物的特质。

他，说话不多，注重实干，常常“站在古人的角度”，用一颗安静的心，体会古人的审美。2002年初夏，当瓯乐传承人陈珊岳和章均立叩响他家的门，带着考古掘出的“瓯”乐器请他仿烧，他拿过两人递给的乐器残件，沉吟半晌道：“我不是大师。我只能凭自己的理解先试验看看……”看了两人提供的草图，他皱眉道：“我不敢说大话，先试试。成功了，你们付酬，不成功算我交学费……”对，他就是2001年从龙泉举家来慈溪扎根落户的孙迈华。

他，一头白发，儒雅沉着，人称九头牛牵不转的“瓷痴”。二十世纪七十年代随生产队去上林湖挖泥遇上了湖底的青瓷片，从此与瓷结缘。在他眼里，古瓷片就是先人精诚魂魄的结晶，每当遇到难题，他都会独自跑进收藏室，和那些瓷片对话。他带着儿子，历经数千次的烧制，终于成功用古法复烧出了秘色瓷。那一日，父子俩抱头喜极而泣，好久没回过神儿来。他常说，“一个大男人，来到世上就是解决困难的”。他，就是投入上千万元资金复原秘色瓷的闻长庆。

还有她，身着工装、脸上浮着纯真笑容的施珍，还有“巧手摘得星辰归”，将绘画艺术与青瓷烧制融为一体的沈燕荣，等等。“幽静的室内，只有拉坯机发出微弱的嗡嗡声，她坐在机器前，双眼凝视着手中的黄泥，双手如母亲般温柔。”

作为小说家的张坚军善于捕捉人物细节。文中介绍青瓷文化的传播者徐伟明，他这样开头：

笔者在慈溪大酒店一间客房里与他见面，这位戴近视眼镜的年轻人，腿没迈进房间，就发出热情的问候："欢迎你们来慈溪，帮我们传播青瓷文化……"接着，他走到笔者面前，握住笔者的手，连连摇晃……

这就是我们身边可亲可近的青瓷人！

阅读这部书，时时感到创作者有一种强烈的使命感和文化情怀，对现有历史文献有深刻的理解。这种理解，并非仅仅是熟悉所涉及的历史片段，更重要的是，对更广阔的历史面貌和更深层的历史逻辑有着清晰的把握。

慈溪人给世人的印象是能商善贾，有经营头脑，而这部书恰恰是要呈现慈溪人的"另一面"，展示慈溪人对文化的态度，用现在流行的话，叫"文化自觉"。

当慈溪越窑秘色瓷文化促进会会长徐尔元邀请创作者创作这部书的时候，老领导直抒胸臆，表达了这样的初衷：写这部书，就是要"使子孙后代明白，生活在这块土地上的先人，曾如何创造性地拓展了中华传统文化底蕴"。这位曾任慈溪市委常委、宣传部部长，对慈溪知之深、爱之切的老同志，知道慈溪的短板在哪里，知道从何处发力，他长于宏观思维和长远规划，又善于创造性地推动规划落地。他邀张坚军一起来做一件大事，一起留住"嵌入时代大书的记忆"。

“瓷痴”闻长庆有一种独特的价值观，或许代表了不少慈溪人的想法，他说：“人生一世，草木一秋。最后物质易朽，唯有精神，与日月同辉。”言语朴实，却意味深长。

是啊，慈溪人向来善于白手起家创实业，慈溪有经商办企业的动人创业史。可是，一个城市的持久发展，还取决于人们的思维和眼光，需要源自于文化的力量支撑。

秘色重光，就是一次把区域文化精神注入经济与城市发展领域的实践。秘色重光，是在党委政府指挥下，有着许多热血沸腾的从业者参与的一场战役，一场继承弘扬区域优秀文化的空前的群众性运动，它带给慈溪精神和物质层面的价值和影响，是巨大而深远的。

即使是做文化这样“虚”的事情，慈溪人同样展现了一种特有的品性。无论是考古人、制瓷人，还是收藏者、研究者、传播者，一切痴迷青瓷文化的人们，都倾尽心血，倾其所有，心无旁骛地珍视、传承、守护着被称为慈溪根性文化的青瓷文化。

“没做过，那就试着做……现在我们慈溪人在做的事，许多都是前人没做过的，没做过不是不能做。”仅有几件出土的瓯乐器具残缺件和古人演奏的资料图本可做参考，却要复制出登大雅之堂演奏的瓯乐乐器，难度可想而知，而面对困难，身兼瓯乐团团长的陈珊岳发出了这样的声音，语气沉静却字字铿锵。

在秘色重光的记事册里，2016 年 12 月冬至前后，是值得浓墨重彩书写的日子，它见证了一个城市为文化传承“众志成城”的意志，见证了“一个行动，全城响应”的慈溪速度。8800 座坟墓迁移行动，就是慈溪人为守护“世界级文化瑰宝”（余秋雨语）的一次庄重的仪式。

就在那个特殊的时节，时任慈溪市委书记高庆丰来到上林湖现场：“大家辛苦了，干着许多人认为不可能完成的任务，但我们是什么人哪？是敢想敢干、闯荡世界，山能移、海能填的慈溪人呀。这世界对我们来说，只有想不到的事，没有干不成的工作。”

这是一种精神，一种隐藏在人们心头、由一些代表人物构成其脉络的时代精神。在这些代表人物的带头和示范下，又有许多新老慈溪人，出于对越窑青瓷的热爱，自发地参与秘色瓷的保护、复烧、创新和传播工作，形成弘扬区域文化的热潮，取得了可以载入史册的骄人成果。

如果说四十年前“想尽千方百计、走遍千山万水、说尽千言万语、吃尽千辛万苦”，我们打响的是一场摆脱贫穷、追求物质富裕的人民战争，那么，始于 2001 年的“秘色重光”行动，则是一场触及灵魂、追求文化原动力的精神领域的重大战役。

慈溪博物馆原馆长厉祖浩，是一位有想法的文博专家，关于秘色瓷在北宋神秘消失的原因，他认为不可否认有当时人们尤其是皇家审美变化的因素。他还说：“一个民族、一块区域，只有在承继历史的基础上展望未来，才会有灿烂光辉的明天！”

未来已来，但过去仍未过去。唯有从历史中汲取智慧和力量，迈向未来的脚步才会更加坚实有力。

这就是《秘色重光》带给我们的启示，这就是这部纪实文学作品带给读者的思想的力量。

2024

听　潮　集

一切都是最珍贵的馈赠

——《我们的注视多么新鲜》[1] 阅读札记

初读德根这本诗集，是在冬日里。又一次寒潮来袭，天地灰蒙蒙的。房间的灯换成了暖色调，泛着暖意。妻出门买菜去了，她说要买够几天的菜，还要给母亲带去一碗草莓。

德根诗集《我们的注视多么新鲜》第一首《慢》，像是给全书定了一个调。风“像海的羽毛”慢慢飘远，白云“慢慢离开自己/扶摇直上”。回想“让人心疼的慢”，仿佛时光停滞，“我们脸上依旧/洋溢着年少时天真的笑容”。德根“用诗人的语言”筑就一个巢穴，一个四层22行的巢穴。

读着读着，脑海里跳出两个字：新鲜。

读《火车站》，这种感觉更强烈。他说“雾散开了/火车站露出它的站台”“出站口走来/我的爱人”“她从雾一样慢慢/散开的人群中走出来”。太新鲜了！我脱口而出：“德根的眼里只有她！”

我在想，这种新鲜源自何方？在德根的诗行里，我似乎找到了答案。这种新鲜，出自一个从大山走出的人，出自生命的体验，

[1] 陈德根：《我们的注视多么新鲜》，太白文艺出版社，2023。

这种体验是独属于陈德根的。即便是写大海，他也要回到山里，回到土地。《致大海》里，他写道："月亮出现在对岸 / 仿佛大海提着灯""它们离我越来越远 / 大海已经把一切抚平"。然后，具有个人独特体验的句子来了："大海像一个在麦地里的农人 / 把那些星星，一颗 / 一颗捡了起来"。

再看《小雪》，他是这么写的："细雪落在瓦屋上 / 似伤口结痂 / 细雪落在茅草屋上 / 似亲人重逢"。这是独属陈德根的诗句。诗的结尾，他说："如果我是一粒雪 / 要落在 / 一间茅草屋的院子里 // 慢慢、轻轻地落 / 落成他们喜欢的样子"。这个院子，或许就是他童年居住的地方，那儿有父亲，也有母亲。他的诗行就是他个人生命体验的结晶。

有人说，诗歌可能是 AI 最后攻破的一个堡垒。我不相信这个堡垒会被攻破。好的诗歌有一个特质 —— 人诗互证，人诗合一。从古至今，流传下来的诗歌经典，人们在阅读它们的时候，总是将文本与作者的生命经验、生活背景联系起来。陈德根的诗是他个体生命中发生的某个瞬间，或者是他的生命感受到的东西。AI 可以利用人类的普遍经验材料进行写作，但是它无法创造一个独一无二的生命时刻。

你看，德根写着写着就把自己与砂粒，与注视的人和物融为一体了。他是无数砂粒中的一粒。小小的幸福和悲欢，是他注视的"汲水者"的，也是"我"的；孤独，属于纷飞的落叶，属于从树叶上滑下的水珠，也属于"我"。

或许，这也是一种互文吧。也因此，他的诗行里有了许多奇特的意境，比如《在旷野接受赞美》，他写鸟，却也是写自己："两只鸟交颈低语 / 它们时而为对方梳理羽毛 / 之后同时轻轻 / 落在一丛野玫瑰上"。更好的在后面："坐在旁边的我们 / 像刚完工的雕塑"。明明是"我们被爱加持 / 被喜悦感染"，明明是我们端详两只鸟，他却说是两只鸟在端详我们，诗的妙处就在此，最后一节他写道："我们像雕塑，认真地 / 接受两只鸟 / 长时间的端详和赞美"。我说，这是我读过的最美的爱情诗。

好作品总会熠熠闪光，时间的力量也无法剥落它夺目的光。

我的这一篇东西，算不上评论，说"批注"也许更合适些。我在诗行旁写下瞬间的感悟，却很不系统。不过，细察中国文学批评史，我们的先人似乎也是这么做的。古人常将阅读偶感穿插于行文之中、原书之内，行间为批，文末为评。更重要的是，在中国古人的批评观里，首要强调的不是"文本"，而是"人本"的意义，从孟夫子"知人论世"，到司马迁"悲其志，想见其为人也"，无不强调这种"人本"立场。读德根的诗集，实在是与诗人生命的一场"遇见"。

读德根的诗，心里涌动着淡淡的暖意。在诗人眼里，一切都是最珍贵的馈赠，是大自然的礼物，是人生的礼物。鸟鸣流水是礼物，黄叶纷飞是礼物，时间赠我曲折，衰老病痛皱纹和会心一笑，这些都是礼物，它们寻常、陌生又亲切，它们像蚂蚁让我想起人类的渺小。

而所有这一切的底色，是爱，是谦逊，是感恩，是同理心，是悲悯，是怀念。他把自己放低，低到尘埃。他的诗始终保持着一种可贵的谦卑和朴素，却让人体会到博大、深邃，许多永恒的、普遍的真理，都经由这些朴素的话语，一一道来。

爱是一种能力，并不是每个人都拥有这种能力。

厨房间雾气昏黄，敲击砧板的声音，如飞驰的车轮声响由远而近。洋葱芋艿的味道飘来，心中一阵安慰，如同回乡的人见到自家小屋上飘起的炊烟。

哦，一切都是最好的馈赠！

2024 年 1 月 21 日

当生物学遇见想象力

—— 娄展垠诗集《一岁的早安》[1] 阅读随想

十多天前，娄展垠老师送来他新出的诗集《一岁的早安》。这是娄老师的第三本诗集。

读诗歌最大的好处是，你尽可以随便翻开一页，自由阅读。娄老师有不少“云游”时写下的诗。他走过草原，仰望过珠穆朗玛，找到了极冷点，找到了极北。我翻到的第一首是《遇见》，前两行诗便将我轻轻叩击了一下：“桃花托运在连衣裙上被你带到了七月 / 大风穿透我的深情”。

“托运”一词出现在这里，产生一种奇特的陌生感效应。诗人喜欢在诗尾写上日期，看来这并非多余。它可能是给读者的一种暗示。这首诗写于 2019 年 8 月 11 日，从这一天开始，他一直在“云游”的路上，几乎每天或隔天写一首诗，一直写到 8 月 23 日。读这一组诗，我似乎触碰到娄展垠诗歌创作的一些特质了。

我也有在呼伦贝尔旅行的经历，如何将旅行所见所思化为可感可触的形象，需要多方面的条件，照诗人柯平的说法，一是

[1] 娄展垠：《一岁的早安》，太白文艺出版社，2024。

你要对某个情感意念着迷，有强烈的情感冲动；二是要有一个构造完美的文字装置，想象力、语言功力、结构能力等都包含在内。那么，娄老师的诗歌艺术有怎样的特质呢？我想到了两个词："象征"和"玄思"。

象征，是九叶诗人袁可嘉诗论中的一个关键词，是联结现实与现代诗的重要媒介。象征的运用能够颠覆现实世界的一些客观条件，对事物和逻辑进行主观重组——这些概念，我不展开了，我就举娄老师诗的例子。

有一首《伊敏河边》，我惊喜地读到了"手臂"的意象，这可能是娄展垠的一个创造。手臂，弯曲的手臂，很恰切地将草原上弯曲的伊敏河的形象"重现"了出来，并由此衍生出"牵手""靠近你的右肩"等形象。

《北极村同行》也是一首很奇妙的诗，妙就妙在诗人以一个"像游船被我牵拉"的意象，把诗写活了。他是说，不是"我"在旅行，而是"我""牵拉"着游船"一分钟都不舍得放松"，黑龙江的水"你追我逐"紧随着"我"。正如题目所点的，并非"我"游北极村，是北极村与"我""同行"。真是很妙！

每个诗人都会有自己偏爱的意象。我发现娄老师偏爱"民宿"这个意象。我至少读到有六处写到"民宿"，64 页《寻找民宿》，43 页干脆自己做《民宿设计》，60 页《女人是男人的民宿》，126 页有"温暖和优雅像民宿凌空于古镇的角落"。

英国诗人艾略特提出"客观对应物"概念，是要找到能使自己情感自由转移的媒介，这叫"客观对应物"。娄老师很好地找到了这样的“对应物”，而这种对应物是娄老师用心寻找的，也是他自己内心的投影，是独属于他的意象——娄氏意象。正像他自己说的，“因为独特，就会孤单；因为无明，也许别人不懂，但以后可能会懂。”

“玄思”，是另一个关键词，袁可嘉先生将其定义为“感情、意志的强烈结合”与“机智的不时流露”。这种玄思，在娄展垠的诗作里时常闪现。

“一天是一年，是亿秒，甚至是百年
“美丽捧在我的手里，更加美丽
“美从手到眼，再到心里，更长”

读娄展垠的诗，有时会遇到一位生物学教师理性的追问。《过格尔木》就有这样的问号：

“如果防护林在真空中全部失活了怎么办
驶过连绵不断的迷雾就清楚了
索性什么都退回去
极寒气候中草原会从头再来”

《海水冲击伟岸最近的一次》里，他说“一个人看着大海像湾里的一滴水融入”，然后他问，“大海究竟深藏着什么 / 自由泳的哺乳类会不会被赤潮污染”。这是生物学的提问。而后他写道：

“潮水在乱石之间不规则地徘徊 / 以散文体阅读，以诗歌体越过寒冬”。大家可能也感受到了，他很轻松、很自然地在生物学和文学之间进进出出，有时他是生物学教师，有时他是沉默的诗人，两个角色切换自如。而到了诗的结尾，两个角色好像又叠在一起了：“我静坐在这些新生神经的边缘 —— / 从水生到陆生，从未遇见的景点”。

读这首诗的时候，我在旁写下这样的话：生物学专业思维与诗歌的碰撞。这是生物学教师给诗歌的珍贵贡献。

而《病毒的自白书》更宣告了多种知识储备的优势所在。写这首诗是 2020 年 2 月 7 日，那时大多数国人对病毒还完全不了解，而作为生物学教师的诗人，以病毒的口吻写下了这样的“自白”：

“我是敏感，我是简单，没有营养却大量复制 / 我是地壳运动时降世的火焰 // 我的使命是控制人类的欲望 / 如果无法无天地野蛮，不是个体的死亡 / 而是城市的消失、物种的灭绝”

诗人娄展垠是在提醒人类：要敬畏自然！

请允许我摘录《过羊卓雍错》的最后几句，作为本文的结尾：

“顺着雅鲁藏布江，像山峰一样到达蓝天了
这不是我的追求
我的终极追求是回到平原继续仰望山峰”

不要人夸好颜色，自有清气在人间

—— 应爱卿散文集《杜湖岸边》[1] 序

最早读到应爱卿的散文，是发在《慈溪日报》的《杜湖岸边》，晓得她是在杜湖边长大的，便多了一份亲切感。后来读到《那年的冬天来得特别早》，有了更多了解，知道她是一名护士长，有一颗柔软的心。一次去宁波的车上，第一次见到她，感觉她身上自有一种感染人的力量，因为她心里自带光源。

这次爱卿拿出这个集子，洋洋洒洒一大本，着实让我惊了一下。她让我写一个序，我怕辜负了她的信任，只得老老实实读，写下读后的一些感想。

集子的基调是暖色的。篇幅最多的是回忆，是记忆深处的童年、故乡和父母，这些篇章充满童趣，有艰辛却洒满阳光；有对自己三十年护理生涯的回顾，这些文章添了一种分量，有一种对生命、死亡等重大命题的体悟；也有热爱美食和旗袍、养花养狗以及读书写作的大乐趣。

散文是最不能“装”的文体。只消你把这本集子一翻，你对应爱卿就不陌生了，她的性格、脾气、想法，喜欢什么讨厌什么，

[1] 应爱卿:《杜湖岸边》，中国书籍出版社，2024。

无不活泼泼地显现在眼前。你读文字，其实是在读人，读文本背后的那个"我"。

杜湖水养人，杜湖水也滋养文字。我喜欢读她在杜湖岸边生活的那些日常，而对我冲击更大的则是她穿白大褂时经历的那些人和事。

1990年大雪时节，是她参加工作的第一个冬天，科室里收治了一位六十多岁因车祸导致颌面部外伤及锁骨、前臂骨折的大伯，只有老伴陪在身边。看着病人实在冷，她用玻璃瓶冲了热水，又怕太烫，包上治疗巾给他。那时的病房条件实在是差，根本没有陪客躺椅，每张床只有一张木椅子。冷风时不时从西窗的缝隙吹进来，陪床的大妈蜷缩着瑟瑟发抖。爱卿看在眼里，半夜交班后回到寝室，立马向室友借了一张旧钢丝床，带了个热水袋，又向工人阿姨借了条旧棉被，冒着寒风送到病房。第二天一早还陪大妈去三北市场买了些生活必需品。

大伯出院时，大妈为表感谢之情，送了她一面镜子，镜子背面是用绒毛做的卡通小白猫，还有一张纸条，上面写了一句话："你使我在冬夜不再寒冷！"

或许就是患者和家属们那亲人般的依恋和感激，一直让爱卿在护理岗位奉献了整整三十年而无怨无悔。

散文其实是有难度的写作，它是这样一种文体——写作者的信仰、性格、气息和想说的话要融为一体，爱是真爱，恨是真恨，不掺杂任何虚情假意。这一点在应爱卿的文字里体现得很好很充分。因为都是切身经验，许多话都是从心流出，冲口而出。

一些细节让人过目不忘,这也是一手经验写作的优势所在。

特需病房的七年经历,对于爱卿来说,可能是更加刻骨铭心的。我记住了两个细节。一是贴着周大爷的右耳喊了两声,二是一位女性患者最后的一滴泪。

特需病房里多是病重的老人,周大爷因病情加重又进了ICU,可是他很不情愿离开爱卿任护士长的特需病房。爱卿第二天一早来看他,问老人家醒了没有,ICU同事说,早查房医生、护士喊他都没有反应。爱卿贴着周大爷的右耳(老人家左耳更聋)喊了两声,周大爷睁开了眼,他一看见爱卿,脸马上红润起来,呼吸也快了,两只手使劲想抓过来。ICU同事笑着说,你一叫可真灵。爱卿俯下身,握着老人家的手,微笑着说,等病情稳定了,我来接您,还是那个老房间。老人家不断发出咿呀的声音,使劲点头。第二个细节,主人公是一位46岁的女性患者,爱卿清楚记着,那是2013年8月12日8点15分,特需病房送走的第66位病人。她是7月17日因肝癌晚期肺部转移、休克、怀疑癌栓破裂入住的。为了防止压疮,按规定必须2小时翻身一次,每次翻身她都疼痛难忍,气促加剧。她是个性格温柔的女人,再难受还是配合护理,爱卿看着心里难受,就给护士们说,不用翻身了,来检查扣分、批评都随便吧。当医生宣布已无能为力的时候,爱卿给病人的亲属说:“快再叫一叫,让她听听你们的声音。”突然,病人张开眼,从眼角流出大大的一滴泪,随后病人躁动一下,头倒在她老公的手臂里。

下面的文字是美国作家凯瑟琳·辛格写的:“倘若你所爱的人来日不多,去陪陪她/他吧,珍惜她/他、抚慰她/他,轻轻跟她／他说说话，轻轻握她／他的手，让她／他知道，死亡很安全。”这位美国作家是一位有着近十年经验的临终陪护者，她有一本书叫《陪伴生命：我从临终病人眼中看到的幸福》。

应爱卿是幸运的，她也有与凯瑟琳·辛格相似的人生体验，她在文中写道：“我感恩我的职业，让我能更深刻地理解生命和死亡。”

人们必须承认，医疗技术的功能也是有限的，常常需要用沟通中体现的人文关怀来弥补。许多时候，技术和药物在死亡面前苍白无力；许多时候，握握他或她的手，亲亲切切喊一声大伯或大妈胜过一剂良药。

我在爱卿的文章里还学到了一个词“爱语”，据说是一位高僧“发明”的，高僧说：“在与人接触时，若总能持有一颗体贴之心且用温柔的语气说话，那么你说的这些话便是爱语。”

我想，应爱卿对于职业的感激是发自肺腑的。但我还是有一个疑问，她对于患者的那种爱，其源头又在哪里？我们尽可以在卫校的课堂里去寻找，也可以在特鲁多医生“有时是治愈，经常去帮助，总是去安慰”的格言里去寻找。读了爱卿的文字，我似乎找到了更深层的源头。

还是应爱卿参加工作的那个冬天，她收到大妈一面镜子的那件事，我在这件事情中看到了爱卿母亲的一个小细节。

爱卿说那时候夜班后的休息天总是急着回家，吃妈妈烧的菜。那天回到家比往常晚了许多，妈妈问什么事耽搁了，她告诉妈妈昨晚收治了一位因车祸骨折的大伯，病房太冷她给大妈送了钢丝床和棉被，今天一早又陪大妈买了点物品。妈夸她做得对，就应该给需要帮助的人伸出援手。妈还说，那大伯手臂骨折，棉衣不能穿进，这么冷的天，手会很冷，妈做个棉手套龙让爱卿带去，老伯套在受伤的手上会暖和些。

不必用太多的文字来叙述了吧，原来，更深的源头就在母亲这里。

当爱卿写母亲的时候，其实是在写另一个“我”。那个出门总比别人早，收工总比人家晚，稻捆放得最齐、稻秧插得最竖的母亲，不就是要强的“我”吗？那个不管干了一天活有多累、离家有多远都要赶去周边村庄看戏的母亲，不就是爱生活的“我”吗？

这部散文集给人带来的阅读感受是丰盈的，有感动，有愉悦，有忧伤，也有思索。书中每一篇文章看似在讲平常的事，实则一步步将读者引入宽广的情感天地。当然，有时候爱卿的感情似乎太饱满，有些地方写得过于充盈，但这似乎又是她的优点。

通过写作，获得一种灵魂的充实和自我价值的确认——或许，这就是应爱卿写作的出发点。

作者说：“我多么希望我写下的每一个字都是温暖的有力的。”这时，她或许会想起杜湖边的学习时光，想起滋养她文字的杜湖，想起只教了她一个学期的初一代课老师，和老师那句“多写自会见真谛”的评语。

应爱卿的散文，有正气，接地气，写真情，给人以美好的享受和灵魂的熏陶，如同山间的野花一样，不要人夸好颜色，自有清气在人间。

后　记

书稿整理好了，总觉得还缺点什么。我读书，喜欢先翻到书后读后记，万一有和我一样癖好的读者朋友翻不到后记，或许会感到一点点失落，于是缀上几句，或非多余。

这本书，是关于书的书，大多是我应文朋好友邀请写的文字，承蒙文友们抬爱，有的文章印在他们书前做了序，有的是我读了他们的新书后写的读后感。一次去桐庐，收到桐庐的老友董利荣兄的一本书，书名很别致，叫《书里书外别集》，是他在桐庐文联主席任上为文友们写的序和书评的合集。读董主席的这本“别集”，对于“潇洒山水地”文学创作的盛况有了更多的了解。回来翻电子文档，竟发现自己十余年来这类文字也积有不少，于是如法炮制，也做了这么一本书。

慈溪向来以商气炽盛而名声在外，殊不知，这里还可以听到另一种声音，即文学艺术之潮涌动的声音，故名之《听潮集》。

全书体例，是所谓编年体，即以年份为序排列，因为这些文章都与当时当地的文事相连，如此列出，便于读者诸君披览，或可从中窥见慈溪文学“全豹”之一“斑”。

方向明谨识

2024 年 11 月

图书在版编目（CIP）数据

听潮集 / 方向明著. -- 宁波 : 宁波出版社, 2025.7. -- ISBN 978-7-5526-5657-2

Ⅰ. I206.7-53

中国国家版本馆CIP数据核字第2025TR8459号

听 潮 集　　方向明　著

责任编辑　刘佳佳
责任校对　邵晶晶
装帧设计　甘巧丽
出版发行　宁波出版社
（宁波市甬江大道1号宁波书城8号楼6楼　315040）
印　　刷　宁波白云印刷有限公司
开　　本　889mm × 1194mm　1/32
印　　张　8.25
字　　数　190 千
版　　次　2025 年 7 月第 1 版
印　　次　2025 年 7 月第 1 次印刷
标准书号　ISBN 978-7-5526-5657-2
定　　价　58.00元

如发现缺页或倒装，影响阅读，请与出版社或印刷厂联系调换
电话：0574-87248279（出版社）
　　　0574-87328764（印刷厂）